レジェンドノベルス
エクステンド
LEGEND NOVELS
EXTEND

ダイブ・イントゥ・ゲームズ　1

ぼっちな俺とはじめての友達

contents

レジェンドノベルス エクステンド
LEGEND NOVELS EXTEND

ダイブ・イントゥ・ゲームズ　1

ぼっちな俺とはじめての友達

第1話

ぼっちコミュ障、海へ
～ザ・ライフ・オブ・オーシャン～

フルダイブVRゲームと言えば、何を思い浮かべるだろうか？

銃弾が飛び交い硝煙の臭いが漂うFPS？

超人的な身体能力を手に入れ異次元の殴り合いをする格闘ゲーム？

大自然に囲まれ癒《いや》しを提供してくれる自然環境ゲーム？

やはり一番人気の王道ファンタジーRPGだろうか？

昨今多くのフルダイブVRゲームが世に出回り、誰もかれもというわけじゃないが、巷《ちまた》を歩けば「じゃあ何時に○○にログインで！」「オッケー、ロビーエリアの噴水前な！」みたいな会話が普通に聞こえてくる。それだけ非日常の世界とは魅力的なのだ。

さて、大部分の学生なりがそうであるように、大学生である俺もこの度めでたくフルダイブVRゲーム用のマッスィーンを購入した。頭にすっぽり被《かぶ》って、脳波があれこれしてなんやかんやするやつだ。お値段八万円。この高さで高校生の大半が持ってるってマジかよ。

親父《おやじ》が昔っからのゲーム好きなもんだから、フルダイブVRが出たときはすぐに飛びついてたっけ。母さんも別に趣味に口出しするような人じゃないし、時々親父に貸してもらってたな。祖父《じい》ちゃんもゲーム大好きだったたっていってたし。

当時小学生だった俺は親父や祖父ちゃんが持っている昔のゲームの方がなんか妙に気に入っていて、家にあるソフトを全部クリアするまでフルダイブVRはいいやとか思ってた。そして、いよいよ神ゲーもクソゲーも全てクリアし、この度フルダイブＶＲに進出しようというわけだ。

でも問題がある。俺、コミュ障なんだ。

小学生の頃から時代遅れなゲームばっかりやってたから同級生の話題についていけなかった。昔のゲームにもオンライン機能のあるものは多かったんだけど、当然のようにサービスは終わっていてオフライン限定だった。

そんなこんなでリアルでもゲームでもぼっちだった俺はＮＰＣ以外としゃべったことがない。最低限以外は教師とすらほとんどしゃべらない。あまりにもしゃべらなすぎて一時期俺の声を聞けばその日はいいことがあるとまで言われたくらいだ。

だが、フルダイブＶＲゲームはなぜか当然のようにほとんどがオンライン機能付き……！　つまり不特定多数の人との接触が避けられない。しかもＮＰＣまでもが人間と変わらないレベルの会話をするというじゃないか。俺が小学生から大学生になるまでの間に、いったいどれだけの技術革新があったんだよ。

しかもＶＲギアに八万円もするもんだから、一大学生の俺は金策に苦労した。この年で親に買ってと頼むのは情けなさすぎる。ギャンブルで一発当ててやろうとかそういう勇気もなかったし。

結局できるだけ人と関わらないバイトを探した。必然的に深夜帯になったけど、深夜手当も出るしで一石二鳥だった。工事現場の警備員だったけど、一緒に働いていた人が寡黙なおじいちゃんで、俺も向こうもお互いに最低限以外しゃべらない良《い》い関係だった。あれ以上に俺に優しいバイトとかないんじゃないかな。

リアルでも他人との会話を最小限に抑えつつも手に入れたVRギア。これを使わなければ終始ほぼ無言だった俺となんやかんやで三ヵ月以上付き合ってくれたあのおじいちゃんに申し訳ない。

そうして、コンビニで「お弁当温めますか？」と聞かれて「はい」と答えるのにすらキョドる俺が選んだ、我がフルダイブVRゲームの栄えある第一弾がこれだ！

『ザ・ライフ・オブ・オーシャン』

海洋生物になって気ままに雄大な海を楽しむというゲームだ。使用できる生物は魚類多数、イルカやクジラなどの海洋哺乳類、タコやイカなどの頭足類、カニやエビといった甲殻類、誰がやるのかはわからないけど貝もあるらしい。

いきなり人外からのスタートというところに、どれだけ俺が他人と話したくないという気持ちが込められているかがわかってもらえるだろうか。

少しネットの情報を見たところ、同種のプレイヤーと出会うと群れを作ることもできるらしいが、そんなもん関係ねぇとばかりに鰯《いわし》でソロプレイをする猛者もいるらしい。なんで鰯を選んだんだろうな？

群れを作りたければ同種のNPCを作ることもできるとあるので、無理にプレイヤーとつるまなくてもいいのが俺的に超グッド。というか、これが『ザ・ライフ・オブ・オーシャン』、通称『ラオシャン』を選んだ決め手だ。

さーて、ちょっとドキドキするけど初フルダイブと行きましょうか！　フルダイブの注意点であるトイレや食事忘れもない。やりすぎ防止の強制終了時間を決めるセーフティタイマーは三時間にセット！　ふふふ、万全だぜ……‼

ヘッドギアにあるソフトの差込口にゲームソフト（だいたい二センチ四方くらい。小《ち》っちゃい）を差し込み、電源を入れて頭に被りいざフルダイブ……！

スゥ……っと意識が遠のくと同時に、頭の中に溌溂《はつらつ》とした声が響く。

「ようこそ、『ザ・ライフ・オブ・オーシャン』へ！　新たな海の仲間を歓迎します！」

意識が戻った俺の目の前には、白い雲と青い空。そして空の色を映したような海。足元は砂浜か？　うわ、ほんとに砂浜の感触がする！　うおー、すげぇ！　超リアル！

息を吸い込めば潮の香り、肌には心地よい風と少しひりつく太陽の日差し。やべーな、マジで異世界に来たみたいだ。これで実物の俺は家のベッドで寝ているんだから、科学の力ってスゲー。

「あの、申し訳ありませんが、ゲームの説明とキャラメイクに入らせていただいてもよろしいでしょうか？」

「ふぁっ⁉　え？　あ、は、はい」

すげぇすげぇと砂の感触を楽しんでいた俺は、不意に掛けられた言葉に驚いて変な声を出し、当然のようにつっかえる。声がした方向は俺の足元後ろ側、波打ち際のところだ。

なぜそんなところから声が聞こえるかというと、声の主が、下半身が魚のおねーさんだからだ。

つまりは人魚である。

「うふふ、人魚を見るのは初めてですか？　私はアクア。新たな海の仲間にこの世界の説明をさせていただく者です。よろしくお願いしますね」

に、人魚であることに驚いたわけじゃないもんね、いきなり声かけられたから驚いたんだもんね。

コミュ障なめんなよ、授業中正面に立っている教授に話しかけられても言葉が出てこねえんだぞ。それがお前、視界に入ってない存在に声かけられたとくれば返事できただけでも上等だと思え。驚きすぎてVRギアの異常興奮センサーに引っかかるかと思っただろうが。キャラメイク前にビビりすぎて強制終了とか、いくら俺だって情けなさすぎて泣くぞ。

「ではさっそくですが、この世界の説明をいたします」

驚いた言い訳とどうでもいいことを心の中で早口にまくしたてる俺をよそに、アクアの説明が始まる。

この世界には浅瀬や砂浜はあれども、『陸上』はないに等しい。また、ザ・ライフ・オブ・『オーシャン』なので、川や湖、つまり淡水に生息する生物にはなれないらしい。え、じゃあ鮭《さけ》と鰻《うなぎ》ダメなの？

ログイン時の位置だが、群れがいるのであれば群れの位置に。群れがいないのならログアウトした位置に現れるそうだ。

地球を模した世界なので、海流や水温、生息限界の位置もそこら辺を準拠しているらしい。つまり熱帯の海にいる魚で北極《ほっきょく》に行ったりはできないってことね。

リアルなライフサイクルが売りのゲームなので、ゲームオーバーする（死ぬ）とリスポーンなどはなく、またキャラメイクから始まる。とはいえキャラメイクは何になるかを選ぶだけなので、よほど優柔不断でなければ五分もかからないだろう。

使用できるキャラクターは初めから数千種にもなる（見た目が違うだけのコンパチばかりみたいだ）が、目の前にいるアクアのような人魚のような想像上の生き物になろうとすると、ゲーム内の実績を積んでアンロックしないといけないそうだ。何でも首長竜とかもいるらしい。

ゲームオーバー、つまり死ぬ原因はだいたいは捕食される、もしくは餌がなさすぎて餓死である。その他、選んだ種類によっては縄張り争いで負けて傷つき力尽きるなどもあるそうだ。死ぬときには何やったって死ぬので、切り替えていろんな生き物になってほしいとのことだ。

操作などは選んだ種類によって感覚が変わってくるだろうが、まあ脳波でなんやかんやしているギアが何とかしてくれるそうだ。基本的には前に進もうとすれば勝手に動いてくれるセミオートが推奨されるみたいだが、曲芸みたいな動きをするにはマニュアルで動かなければならないそうである。

ちなみに現実で泳げない人でも、海洋生物になる以上おぼれて死ぬなんてことはほぼないらしいから安心だな。鰓《えら》呼吸万歳。

「以上で説明を終わります。次はキャラメイクに入りますね。初めにあなたのお名前をお聞きしてもよろしいでしょうか？　ここで登録するお名前は以降のユーザーネームとなり、データを消すまでは変更できませんのでご了承ください」

　ああ、死んで生き物を変えても名前は同じなわけだ。まあ、一応群れだとかフレンド機能があるゲームなんだからそりゃそうか。死ぬ度に名前変えられたら誰がどれなのかわかんないよな。おそらくフレンドができることはないだろう俺には関係ない話だけど。

「じゃ、じゃあ、名前は『赤信号』で」

　よし、一回しかつまらなかったぞ。何、ＮＰＣとわかればこんなもんよ。

　赤信号というのは、デフォルトネームがないゲームで俺が使う名前だ。本名が赤石信悟《あかいししんご》なので、あかいししんご→あかいしんご→あかしんごう（赤信号）というわけ。安直だな？

「赤信号様ですね。……はい、登録完了です。次になりたい生き物の希望はございますか？　名前をおっしゃってくだされば選択可能か否かをお伝えします。また、魚類、哺乳類などのカテゴリーをおっしゃってくだされればその一覧をお見せできます。その他、外見的特徴でも、検索できますが」

　さすがに数千種の候補があるだけはある。試しに哺乳類で検索をお願いしてみたら、目の前にスクリーンが出てきてなんかもうぶわーっと候補名が出てきた。ええ……イルカとクジラだけでもこんなにあるんだ……。

「まあ、初めだし……無難にイルカで。えっと、バンドウイルカ？　でお願いします」

「バンドウイルカでしたら、プレイヤーがリーダーの群れがいくつかありますが、そこに生まれますか？」

生まれますか？ってなんかすごい言い方だな。とはいえそんなもんはいらん。こちとらリアルソロプレイヤーなんだよ。

「群れはなしでお願いします」

「はい、承りました。哺乳類の決まりで母親だけはＮＰＣとして出現します。あなたが産み落とされた後、つまりゲームが開始してからしばらくの間は、動作や生きていく方法のチュートリアルキャラとしてあなたと行動します。チュートリアル後は別れるなり随伴させるなりはご自由にしてください」

母親の未来はご自由にどうぞらしい。これもまた自然界の厳しさなのか。それとも人間のエゴなのか……。ゲーム的システムだよ。

「最後に、操作方法はセミオートとマニュアル、どちらで始められますか？　この設定は後からでも変更できますのでご安心ください」

「マニュアルで」

こういうのって、セミオートとか補正とかに頼ると、いざ補正をなくしたら何もできなくなるもんなんだよな。俺はほかのゲームでも、難易度の選択肢でイージーだけは絶対に選ばなかった。ただし実績解放に関係ある場合を除く。

「はい、では全ての設定を終えました。赤信号様が雄大な海の世界を楽しみ、生を謳歌《おうか》されますようお祈りいたします。それでは、五秒ほど目をつむってくださいませ」

体をイルカのものにするためか、一度意識が完全になくなるようだ。

さあ始まるぜ、俺のイルカライフが！


何かから這《は》い出《で》るような、押し出されるような感触があった後。トプン、と音が聞こえた。

重たい瞼《まぶた》を開けると、そこは深い青一色。近くには何かの影がある。ここはどこだ？　あれはなんだ？

あ、そうか。俺、今生まれたんだな。今の俺はイルカなんだから、そりゃ海の中に産み落とされるわ。おおー、俺ダイビングとかしたことないけど、一面真っ青な海ってスゲー迫力だな。何かどんどん暗くなっていってる気がするけど、今は夕方なのかな？

『注意　早く海面まで上昇することを推奨します。あなたは哺乳類です、肺呼吸の必要があります』

おわっ、なんだこれ？　視界の中に透ける文字が⁉　あ、ああ、ゲームだもんな。システムメッセージくらいはあるよな。もー、びっくりさせないでくれよ。

んで？　なんだって？　肺呼吸の必要がある？　イルカが哺乳類であることくらい知ってるわ、

一応国立大学だぞ。舐《な》めないでいただきたい。

まったくもう、と海面に向かって移動しようとすると、体に何とも言えない違和感が。あれ？

腕と足が全然動いてる気がしねぇな？

……そうだよ！　俺これマニュアル操作じゃん！　冷静になったらイルカの体の動かし方とか知ってるわけないだろ！　腕じゃなくて胸びれだよ。足なんてねえよ、尾びれだよ!!

やべぇ！　どうやったら泳げるんだ？　えーっと、イルカの尾びれって魚類と違って水平だよな。だったら、感覚としては腰から下を上下に波打たせる感じか？　あーっ!!　イルカの体でどっからどこまでが上半身とかわかんねぇー!!

おいおいオイオイ、そういうのって脳波的なアレで何とかなるもんじゃないの？

あ、でも何だろう、自分の体を意識するとなんとなくわかるな。なんかすっごい胴が長くなったような感じ？　両足無くして縦に引き伸ばした感じ？

なんとなく自分の体がどうなってるかがわかっても、依然としてめっちゃ動きにくい。義手を動かしてるようなもどかしさがすっごい。

……クソァ！　言葉にできないこの感覚！　何？　なんて言えばいいのかな？　なんかよくわからんけど体のこの辺曲がるんじゃね？ってなぜか脳が理解してる。だけど俺の人生二十年の経験が「そんなわけないだろ、冷静になれよヒューマン」って邪魔をしてる！

ていうかあれかー、だんだん景色が暗くなってるのって、俺が沈んでいってるからかー。そっかー、肺呼吸だもんなー。生まれたばっかじゃ肺に空気がないからそりゃ沈むかー。

……やべーよやべーよ！　誰か助けて！　あれだ、生まれた瞬間にちらっと見えたの、あれ俺のママンだろ⁉　おい、息子の危機だぞ、ヘルプミー‼

『あなたの群れのフォロワーが力尽きました。死因：出産による急激な体力低下』

『あなたの群れがあなただけになりました』

ママン俺産んで死んでんじゃねぇかぁぁぁぁ‼　チュートリアルでいろいろ教えてくれるんじゃないの⁉　何を道しるべに生きていけばいいの？　あの人魚俺を謀りやがったのか？

あああああ‼　そーだよね、出産なんていう自然界において命を懸ける超ハイリスクな行為をたった一頭でやったんだもんな！　そうです、俺が群れとかいらないとか調子こいたからですごめんなさい‼

『実績解放：初めての別れ』

『実績解放：天涯孤独』

あ、実績解放あざまーす。って、今そんな場合じゃねぇぇぇ‼　ていうか、初実績解放が死に別れとぼっち宣告とかやめてくれぇ……。

『酸素残量が5％を切りました』

なんか視界の端にヤバい表示が出てるぅぅぅぅぅ！　やだ、生まれてまだ一分も経《た》ってねぇんだぞ⁉　キャラメイクの方がまだ時間かかったわ！

あ、やべぇ。超息苦しい。酸素が全然足りてないのがビンビンわかる。死ぬ、死ぬわこれ。

命の危機がリアルに体験できるＶＲゲーム、それが『ザ・ライフ・オブ・オーシャン』。生まれた瞬間に窒息死が体験できるとかすごくね？

そんなこと言ってる場合か！　とりあえず体を動かせ！　もがけ、足掻《あが》け‼　仮に死ぬとしても体の動かし方くらいは掴《つか》みたい！

うおおおお‼　燃えろ、俺のバンドウイルカ魂ぃぃぃぃぃ‼

腰とか足とか、人間であった頃の感覚は捨てろ！　今俺にあるのは左右の胸びれと尾びれのみ。一応背びれもあるけど任意稼働できないので今は捨て置く。

尾びれを上下に動かす。体の半分近くを使い大きく振りながら、付け根の部分も動かせるのでそこでスナップを利かせる。胸びれはあれだ、スタビライザーだ。角度を調整して進行方向を決めるんだ。これで水をかいたりするんじゃない。

少しずつだが、上昇しているのがわかる。さすがにそこまでリアル志向《鬼畜》じゃないのか、視界の中に東西南北を示すジャイロと水深計があるので、それを頼りに海面を目指す。

俺は生物系の学部じゃないからはたしてこれが本当に正しいイルカの体の動かし方かはわからない。つーかゲームなのに操作方法がガチすぎません？　まあなんでもいい、たしかに今俺は泳いでいる！

『酸素残量：２％』

クソっ！　少しもがきすぎたか？　予想以上に酸素がなくなっている。ていうか、生まれたときの酸素量ってどれくらいだった？　多分10％もなかったと思うんだが。

しかし、周囲はどんどん明るくなって、海面もすでに見えてきている。海面までもう三メートルもないぜ！

そしてついに俺はやり遂げた。

サパッという小気味いい音とともに、眩《まぶ》しい光を感じる。海面にたどり着いたのだ。

穏やかな波に揺られながら、俺は頭頂部にある鼻で肺いっぱいに新鮮な空気を送り込み、このイルカ生が始まって初めての呼吸を噛《か》み締《し》める。人間の体では当たり前にできることがこんなにも難しいことだったなんて。

俺は今、生き残るための試練を一つ乗り越えた。これからどれくらい続くかもわからないイルカ生だが、力強く生きたいと思う。俺のエゴのせいで出産で力を使い果たし、深海へと沈んでいったママンの分も……。

『実績解放：初めての肺呼吸』

多分、哺乳類系だけの実績なんだろうな。そうだ、たかが呼吸と笑わば笑え。だけど、水の中という環境に生まれた肺呼吸生物は、呼吸するのにも命がけなんだ。まだこのゲーム始めて五分くらいなのに、すごくいろんなことを学んだ気がする。

「だけど、今はこの達成感に浸っていたい……。餌の取り方とかはおいおい考えよう」

後から思うに、この考えがいけなかった。そう、ここは大海原。弱肉強食の世界なのだ。そんな世界で生まれたばかりのイルカが一頭。親もおらず、群れの仲間もいない。完全なぼっちである。

Q：この状態の子イルカは、肉食系生物から見たらどう映るでしょうか？

「おっとこんなところにいいイルカ。ちょうど満腹値が減ってきてたんだよねー。ソロプレイヤーさんみたいだけど、弱肉強食ぅ！」

A：袋から取り出して皿に並べたおやつ。

「あっ」

ものすごい衝撃と体の中心を上下から挟まれる圧迫感。一瞬で視界が真っ赤に染まる。GAME OVERの文字の向こうに見えたのは、どこか満足げな首長竜の姿だった。

再び初めの砂浜へと戻ってきた俺を出迎えてくれたのは、当然のようにアクアだった。

ちなみに今の俺はイルカのままだ。砂浜に半分打ち上げられた形になっている。アクアは上半身を起こし座っているので、今度は俺が見下ろされている。

「おかえりなさいませ、どうやら生を全うされたようですね」

「生を、全う……できたのかな……？」

その命と引き換えに俺を産んでくれたママン。彼女とは一言も話さなかったけど、その犠牲の上に成り立った命は僅か三分ほどで終わってしまった。

ああ、世界って、自然って厳しいんだな……。ゲームばかりしてるとどーだこーだ、社会の厳しさが云々《うんぬん》かんぬん言ってた高校のときの先生にこのゲームをやってもらいたい。

社会って生まれた瞬間に母親が死んで、ただ一回の呼吸のために必死の思いで体を動かし、努力が報われた瞬間に喰《く》い殺されることよりも厳しいんだろうか？

俺、今度からイルカを見たときは敬語で話しかけるよ……。世界に息づくイルカはみんな、あの地獄を潜《くぐ》り抜《ぬ》けてきた猛者なのかよ。マジ半端ねぇわイルカパイセン……。

「寿命で死ぬも、捕食されて死ぬも、等しく大自然の営みの一部です。サメに食べられようが、微生物に分解されようが等しく何かの生きる糧となります。そうして命は巡り、世界は成るのです」

「ほのぼの海洋ライフゲームかと思っていたら、食物連鎖学習ゲームだったのか……」

「世界という大きなライフサイクルの中では一個体の生き死にというものは無数にあるうちの一つにすぎません。永遠の命など無く、他者を食らい全力で生き、死んで他者の肉となる。連綿と続く命の繋《つな》がりを感じていただければ幸いです」

こいつのＡＩを組んだやつは敬虔《けいけん》な仏教徒かなにかなのか？　にこにこ笑顔のナイスバディなパツキンねーちゃんが諸行無常を悟りすぎだろ……。

「ところで、次の命は何になさいますか？」

ファミレスの店員かよ。ご注文お決まりですか？　みたいに聞かれても。命の扱いが重いのか軽いのかわからん。

「とりあえず、当分の間はバンドウイルカをやってみるよ。……次は、NPCの群れに生まれさせてください」

「承知いたしました。では、準備がよろしければ五秒間目をつむってください」

次のイルカ生はせめて被捕食エンド以外でよろしくお願いします……。


「ここでっ！　こうっ‼　腹筋に力こめろぉぉぉぉ‼　おらぁぁああ！！」

初めてのイルカ生からリアル時間で早一週間。何のかんのでイルカライフが楽しくて学校以外はほぼずっとやってた。料理された魚を見ると違和感覚えるくらいにはずっと鮮魚（水揚げ前）を食べていた。

この一週間でいろんなことを経験した。

サメに喰われ、シャチに喰われ、首長竜に喰われ、メガロドンに喰われた。イカを食べようとして逆に巻き付かれたこともあるし、鰯の群れに突っ込んで超腹いっぱいになったこともある。

鰯の一部含めて食って食われてした相手はほとんどプレイヤーだったのにはビビった。あ、定置網に巻き込まれて窒息死もしました。人間ってマジ地球環境の害悪な。

なお、寿命を全うしたことはない模様。ちなみに『ラオシャン』の基本設定ではリアル時間で一ヵ月経つとゲーム内では一年経つ。つまり春夏秋冬が一週間ずつってわけね。ログアウト中に寿命を超えることはないみたいだけど。

まあ、自分の成長速度や年齢はある程度なら設定でいじれるんだけどさ。クジラとか亀とかやってると全然終わんねーからね。あといつまでも赤ちゃんのままだとすぐ食われるからね。赤ちゃん時代にしかとれない実績とかもあるから一概に成長スキップがいいとも言えないけど。

そんで今何やってるかというと、イルカショーでよくある、海面に立ち上がってすごい勢いでバック走するやつに挑戦中なんだ。錐揉《きりも》みジャンプや宙返りよりも難しいんだよな、これ。

尾びれを素早くかつ力強く動かして立ち上がり続けるのはもちろん、姿勢を固定しないとすぐにバランス崩して倒れるから腹筋にめっちゃ力入れないといけない。

「だらっしゃあああ‼　十メートルはいったか？」

『実績解放：フル・アスターン！』

「おっしゃあ！」

イルカやシャチなんかには、この手の曲芸をすることで解放される実績が多数あると聞く。高さ何メートルまでジャンプとかな。シャチだと、鳥をジャンプして捕食する実績もあるんだとか。

あと、エコーロケーションも使えるようになった。超音波発射して周囲の情報を得るってやつな。なんかできねーのかなーって思ってたらいきなり視界の中に３Ｄマップみたいなのが出てきてビビったね。クジラだともっとくっきりはっきり見えるみたいだけど。

「うーん、初めはアレだったけどイルカライフ楽しいなぁ。大きさもちょうどいいよな」

『ラオシャン』では、当然ながら何になっているかで見える世界が違う。クジラから見れば鰯なんぞ有象無象だが、逆に鰯から見れば最大の哺乳類であるシロナガスクジラなんて途方もなく大きな存在だ。ちなみに『ラオシャン』で一番小さい存在はオキアミだ。小さすぎてプレイヤーネームが指してる人がどこにいるかわかんないからな。

今のところ他プレイヤーとは食うか食われるかの関係しか持ったことがない。特に持ちたいとも思わないけど。まあ、一度鰺《あじ》のプレイヤーを捕食したとき、「味な真似《まね》を……鰺だけに」って言われたのは不意打ちでちょっと面白かった。絶対アレを言うためだけに鰺を選んでるよな。

『あなたの群れに子供が生まれました』

あ、おめでとうございまーす……。ずっと曲芸チャレンジばっかりやってたから群れをほぼ放置してたわ。NPCがまた増えるのか。あ、そうそう。今NPCを二十体くらい呼び出して群れ作ってんの。もちろん実績と肉食動物に対する肉の盾のために。

どれ、NPCとはいえ俺の群れの一員であるならその初呼吸を見届けてやろう。たまーに親が死んで助けがないやつとかいるからな、俺みたいに。

えーっと、あ、いた。……あいつ……か……。

俺の目の前で必死にもがく子イルカの頭の上には『日曜日の次の日』という文字が。なんだその名前は。人によっては目をそむけたくなるぞ、特に社会に疲れたサラリーマンとか。

しかし、プレイヤー、か……。

「おぼ、おぼぼぼぼぼ!!」

溺れてるよな、あれ。マニュアル操作初めてなのかな。このまま放ってたら死ぬかな。でもわざわざプレイヤーの群れ選んで来てるのに見殺しはちょっとなー。あー、でもママンもいるから大丈夫だろ。

あ、ママンが下から押し上げてる。がんばれがんばれ、あとは暴れすぎて酸素を無駄に使わないようにするだけだぞ。そーれもうちょっと、もうちょっと。

おぼぼぼ言ってるってことは水飲んでるんだろ？　なんで海洋生物に生まれるのがわかっているくせに出生一番で海水飲みこんでるんだよ。つーかイルカなんだからある程度水飲んでも平気だぞ？　捕食のときなんか結構飲みこむんだからさ。これだから人間捨てきれてないやつは……。

結局ママンに押し上げられつつ無事に海面までたどり着けた日曜日の次の日（めんどいからもう月曜日でいいや）は、若干慌てながらも大きく息をしていた。

うむ、初めての呼吸はいいものだよな。それがマニュアル操作で溺れかけた後ならなおさらな。

「はぁ、はぁ……。死ぬかと思った……」

そうだね、掛け値なしで文字通り死ぬ寸前だったね。俺の第一生よりも長生きできてよかったな？

しかし、ついに群れの中にプレイヤーが来てしまったか……。

どうしよっかなぁ。一応俺がこの群れのボスだから月曜日をキック（群れから追い出す）しようと思ったらできるけど、何もしてないうちにそれはどうかと思うし。ていうかあれだな、今まではほとんどオンラインサービスが終了した昔のゲームしかしてこなかったからかもだけど、どんなタイミングでキックしていいのかわからん。変に逆恨みとかされたくないし。

そんなこと思っていると、やはりと言うべきかついにその時は来た。

あたりをきょろきょろ見回していた月曜日は、俺の頭上に表示された『赤信号』のプレイヤーネームを見つけたようで、ぎこちない動きでふらふらと近づいてきた。

「あの〜、プレイヤーさんですよね？　私、日曜日の次の日って言います。イルカというか、このゲーム自体初めてなんですけど、よかったらこのゲームについて教えてもらえませんか？」

俺もまだ一週間しか経ってないしゲームについて知りたかったらまずネットで調べろっていうかなんで何も知らないゲームでいきなりマニュアル操作にチャレンジしてんだよってそれは俺もだけどどうやったらそんな見ず知らずの人の群れに飛び込んで来たうえに流れるように自己紹介までできるの怖いよってそんなことよりも声が女の子だよ怖いよどうせコミュ障のキモオタだろとか思ってんだろ今は思わなくても近い未来に絶対思うって。

予想していた邂逅《かいこう》ですら対処できない。対人スキルの限界に達してフリーズを起こした俺は、あのー、と繰り返し呼びかけてくる月曜日の声で我に返り、思わず使いそうになっていたキック機能を慌ててひっこめた。あぶねぇ、むっちゃ簡単に使いそうになったわ……。

「あ、ああ……。えっとその、自分もまだ一週間くらいしか……。イ、イルカしか、や、やってないし……」

見ろよこのしどろもどろ。こいつが二十歳の成人男性ってマジ？　まあ俺なんだけどさ。注意しておくけど、こんなのでもまだイルカがしゃべってるっていう現実味の無い光景だからマシな方なんだ。現実だとまず間違いなく無言になる。それで病気や障害で声が出せない人だと思われたことあるもん。

「じゃあお互い初心者なんですね！　そういえば赤信号さんはマニュアルですか？　セミオートですか？　あれだけ溺れそうになったからわかるかもしれないんですけど、私マニュアルにしちゃいまして」

なんでこんなつっかえまくりのボソボソしゃべる俺を相手に会話を途切れさせないの？　そういう能力者なの？　十に対して十一で返すの？　会話の永久機関なの？

その会話スキルの半分でも俺にあればコミュ障じゃなくなるんだろうなー。なんで俺は心の中と独り言では超饒舌《じょうぜつ》なんだろうなー。

とりあえず、俺のせいで『ラオシャン』を嫌いになってほしくはないし、がんばって会話を試みよう。アクアとだってそれなりにしゃべれたんだから、人間じゃないと思えば何とかなるだろう。

ＮＰＣが悟りを開いてるようなこの世界、人間と大差ないＮＰＣがいるんだから誰が人間とかどうでもいいじゃないか。俺もアイツもイルカだ。表情筋なんてねぇんだ（多分）、顔色窺《うかが》う必要なんてないさ。そうだこいつはイルカだ。人間なんかじゃない。こいつはイルカこいつはイルカイルカイルカイルカ……。

「俺、最初、マニュアル選んだ。群れ、なかった。生まれたとき、母親死んだ。死ぬ気で動かし方、覚えた」

まあそう簡単に割り切れないよねってかなんで片言になってんだよ俺ぇ……。そこまで人間捨てなくてもいいじゃん……。イルカっつーより、なんかジャングルの戦士みたいな感じになってるよ！

「わぁ……助けてくれるプレイヤーもNPCもいないのにマニュアルなんて、私だったら溺れて死んじゃってますよ。赤信号さんってゲーム得意なんですか？」

「……ゃ、VRゲームは、これが初めてで……」

古いゲームならめっちゃ得意だけどね。モニターに映像と音声ケーブル繋いでやるゲームが僕は大好きです。だって基本的にオンラインサービス終わってて他人がいないから、コミュ障の俺に優しいんだもん。あれ？　コミュ障だからオフゲやってたんだっけ、オフゲばっかやってたからコミュ障になったんだっけ？　まあどっちでもいいや、俺はなるべくしてコミュ障になったんだろう。

「へー、じゃあゲームほとんどやったことないんですね。VRゲームってすごくリアルだし、人間以外にもなれるなんてびっくりしたんじゃないですかー？」

そうだね、超びっくりしたよ。でもね、俺は（君もだけど）今イルカなんだ。だからいつまでも人間の言葉をしゃべり続けるのは世界観的にあれかなって思うんだ。決してもう会話を続ける気力も余裕もないとかそういうのではなくて、ロールプレイ的なね？　『ラオシャン』の世界に没入したいっていうかね？　ていうか一番びっくりしてるのはいつまでもしゃべりかけてくる君に対してだよ。

ぶっちゃけ俺もう限界なんだよ。会話が三往復もしたのってかなり珍しいんだぞ？　家族以外でそんなにしゃべる人なんていないんだからな。あ、でも同じ群れにいるってことはこいつも俺の家族？　マイファミリー？　じゃあ問題ないじゃんって問題あるわボケェ。

しかたない、いずれこうなるときのために俺が考えておいた最終奥義を使うしかないか。

ふふふ、こいつはどんな状況であろうと場を抜け出せる最強の魔法の言葉だぜぇ……。

「すいません、セーフティタイマーの時間が来たんで、そろそろ終わります」

「あー、そうなんですか。いろいろ聞きたいことあったんですけど、セーフティならしかたないですね。次に赤信号さんがログインされるまで生き残れるようにがんばります！」

「あっはい」

はいログアウト。ほんとはリアルタイムであと二時間くらい、ゲーム内で言えば丸一日分は遊べたんだけどもうおうち帰る。

現実世界に戻ってきた俺は、手足の指を動かしたりして体の感覚を確かめる。いやね、マジでイルカになりきりすぎて足で立つことを忘れそうになったりするんだよね。

「はー、月曜日が死ぬまで『ラオシャン』できねぇな……」

あんなフレンドリーなのは苦手だ。何であんなに絡んでくるんだ、俺が今まで出会ったプレイヤーなんてみんな食うか食われるかしか考えてなかったぞ。弱肉強食という錦の旗のもとに容赦なく歯を突き立ててくるような海洋生物しかいなかった。

でも俺にとってはアレぐらいのがちょうどいいんだ。どんだけ俺がコミュ障でも、食われるときに悲鳴くらいは上げられるし、捕食してドヤ顔かますくらいはできる(ドヤ顔に見えているかはわからない)。

「まあいいや、ちょっと最近イルカしすぎてたからな。『ラオシャン』は続けるにしても、何か人間のゲームもやってみよう。特に会話もなく、ソロプレイもできるやつ。できれば身振り手振りだけでも意思疎通ができるような……FPSなんてどうだろ?」

頭の中に浮かんだ答えを口にしてみる。最近のやつなんてわかんないけど何でもいいや、とりあえず戦場でドンパチできるやつだな。

「分隊とかそういうのがない、あるいは特に重要視されないやつなら、俺でもできるかな。最悪ハンドシグナルだけでもロールプレイになるかもだし。うん、そうしてみよう」

そういうわけで次のゲームはFPSに決定。とりあえず明日にでもゲームショップ行ってどんなのあるか見てみよう。

「ほんじゃまあ、ちょっとランニングしてから筋トレでもしますか」

窓の外を見ればちょっと陽が落ちかけてきた頃、時刻は十六時半。晩飯まではまだまだ時間はあるし、VRゲームのしすぎは体が鈍るからな。リアルでだるだるの体だと、なんかゲーム内でも支障がありそうだし。

ゲーム好きの祖父ちゃんと親父の体験談だか持論だかで、ゲームにのめり込むのはいいが身なりや体形はきちんとしなければならないと教えられてきた。見てくれがちゃんとしていれば、大概どうとでもなると。

祖父ちゃんも親父も、ぱっと見は重度のゲームオタクなんかに見えないもんな。現実とゲームをうまく切り替えてるっていうか、割り切ってるっていうか。

おかげ様でか、俺は大学でもコミュ障ゲームオタクではなく、すごく無口な人という評価を得ている。大学の講義でグループ作らなきゃいけないときにかろうじてハブられないのはありがたい。

そういえば明日はグループでの発表があるんだった。一緒のグループにいるモデルやってるイケメン君、ちゃんと資料まとめてきてるのかな。俺？　俺はそういうのちゃんとやるよ？　だって完璧な資料作っていけばそれ読んでるだけでいいし、質疑応答も少なくて済む。ひいては余計な会話をする数が減るってわけよ。

部屋を出ると、高校一年生である妹の優芽《ゆめ》にばったりでくわした。こいつは部活やってないから、帰ってくるの早いんだ。

「あ、お兄ちゃん出かけるの？　今日はイルカになってないんだね」

「いや、イルカはちょっと早めに切り上げたんだ。そんで今からランニングに行ってくる」

家族相手であるがこその淀《よど》みないやり取り。ちなみに優芽は俺がコミュ障であることを知っている。一緒に買い物行ったときとか俺全然しゃべんないからね。

「帰りにコンビニで季節限定アイス買ってきてよ、大福のやつ」

「お前、俺がコンビニの店員とすらまともに会話できないのを知っててか……」

妹よ、俺はお弁当温めますかに答えられない系男子なんだぞ？　定型句にビビるな？　それが業務的な定型句であろうと等しく会話は苦手なんだよマイシスター。

「アイスは温めないから無言で代金渡して無言でお釣り受け取ればいいでしょ」

「おお、お前天才かよ！」

「……なんでこんなのになったんだろうね。お兄ちゃんが中学生くらいのときまでは私が家に連れてきた友達とも一緒に遊んでくれてたのに」

はぁ、と深いため息をつく妹の姿にすごく申し訳ない気持ちになる。あのな、そのときはまだゲームに染まりきってなかったんだ……。お兄ちゃんが本格的にダメになってきたのは高校入ってからだから……。

そういや妹が連れてきた友達とかよく遊んであげたなぁ。小学生くらいの子にフルダイブVRゲームとか高価なもの買ってくれる家庭なんて少ないから、むしろ俺の家にある古いゲームを皆でしたっけ。きーちゃんとか言われてた子がやたらとうまかった覚えがあるわ。

可哀想《かわいそう》なものを見る目で俺を見つめる妹から逃げるべく、そそくさと玄関へと続く階段を下りようとする。あ、俺の家二階建てね。妹の部屋と俺の部屋、あとはトイレと物置があるだけの二階だけど。

「アイス忘れないでよ」

「忘れたら？」

「居酒屋のバイトに放り込んでやるわ」

「貴様、さては鬼だな？　絶対に忘れません」

居酒屋のバイトなんて無理無理。あんな笑顔張り付けて大きな声でいらっしゃっせー！とか言うのなんて俺の精神と喉と表情筋が耐えられない。死んだ魚みたいな目をして無言で頷《うなず》くだけの仕事とかあれば俺の天職だと思うんだけどなー。いや、そんなやりがいもクソもない仕事なんてそれはそれで精神持たないわ。

「お金はあとで返すから」

「おっと、それで思い出した。俺財布持ってなかったわ」

「……まあ、そんなに接客業《苦行》がしたいのなら私は止めないけどさ」

ジト目の妹から隠れるように部屋に戻り、居酒屋バイトを回避するためのお金を持って、適当にその辺を走りに出るのであった。

第2話

初めての戦場　～スラムドッグ・ウォークライ～

「質問がこれ以上ないようなので、これで本発表を終わりとします」

あー終わった終わった。全部終わったぞー‼

ただ単に人数不足の数合わせで声をかけてもらっただけとはいえ、全然しゃべらないっていうのは自分でもどうなんだろうな。これから先の卒研とか就活とかどうしよう、いまから不安になる。

リア充の極みみたいなイケメンモデルこと青山《あおやま》君も、俺みたいなコミュ障を邪険にしないしね。ほんと良い人しかいなくて逆に将来が不安になるわ。

「俺らこれからカラオケとかどっか遊びに行くけど、二人は来る？」

「僕はこれから仕事があるから、残念だけど。誘ってくれてありがとう」

「(黙って首を横に振る)」

見たか、これがあふれ出るイケメンオーラの持ち主と、コミュ障拗《こじ》らせすぎてまともに声が出ないアレな人の差だぞ。こんな風になりたくなければちゃんと人と会話、しよう！

「そっか、じゃあまた今度な！」

ばいばーいと手を振って廊下に消えていくグループメンバーたち。あんなに気持ちの良いやつらもそうそういないのに、俺はそれでもまともに会話できない。うーん、改善しないといとは思うんだけど な、面と向かうとどうしても声が出ないんだよなぁ。

「じゃあ、赤石君、僕も行くね」

世の女性を虜《とりこ》にするような輝かんばかりの爽やかスマイルで別れを告げる青山君に無言で首を縦に振る俺。

つーか青山君がメンバーにいて人数不足って何？　女子が寄ってきそうなもんだけど、もしかして俺の知らないうちにイケメンの価値下がった？　あ、速攻で女の子が何人か寄っていった。まあ、百年単位で時代が変わらないとイケメンの基準は変わらんよな。

なんだろうね、ＲＰＧでいうなら正反対のステ振りした感じかな。ルックスとコミュ力極振りの青山君に対して、ゲーム極振りの俺。あれ？　振ったステータスポイントに差がないか？　あれか、人間としてのレベルが違うのか、ほげぇー。

ゲームの中からでもいいから人と普通に話せるようになりたいなぁ、と思いつつ、ボチボチとゲームショップに向かうのだった。

大学を出て電車に乗り、自宅最寄駅《もよりえき》から徒歩十五分ほど。俺は個人経営のゲームショップである〈電脳遊戯店　十夢《トム》〉へとやってきた。狙いはもちろん昨日考えていたＦＰＳ。

この店は俺の一押しの店だ。五十歳くらいのおっちゃんが経営しているんだけど、チェーン店とかにありがちな「ポイントカードはお持ちでしょうか？」「すぐにお作りできますがいかがいたしますか？」「ただいま○○のキャンペーン中で……」みたいな余計な会話が一切ない。

ただレジに商品を通し、値段を言い渡され、無言で代金を置き、無言でお釣りを受け取る。素晴らしい。美しすぎる流れだ……。

品ぞろえも悪い方ではなく、昔のTVゲームからフルダイブVRまで一通り揃《そろ》えている。たまーに隠れた名作扱いされている古いゲームを発掘できたりして楽しい。

「さーて、FPS、FPSっと。あった、この棚だな。うわっ、けっこう種類あるな、どれにしようか……」

ネットで多少は調べてきたものの、いざ実物を見るとパッケージの雰囲気や裏面の煽《あお》り文句なんかで惹《ひ》かれるものがあったりするんだよなぁ。っと、新発売の方も忘れず見とかないと。

「『スラムドッグ・ウォークライ』？　へー、今日発売したばっかりのやつじゃん。えっと、なになに？　うん、なんかすごそうってことだけはわかる。とりあえずネット見よう」

携帯端末を取り出して『スラムドッグ・ウォークライ』、略称『スラクラ』のホームページにアクセスして商品紹介を見てみる。

――見捨てられた犬の咆哮《ほうこう》は、戦場に響く――

作戦中の不測の事故で敵地の只中《ただなか》で孤立し、味方からも生還を諦められた特殊部隊《ガルム》。増援も見込めず、補給もない戦いの中で、仲間たちも次々と倒れ行く。

路地裏に捨てられた子犬のように震えて死を待つしかないのか？　そんなことはない。犬は犬でも、自分たちは鍛え抜かれた猟犬。たとえ捨てられようとも獲物に食らいついてやる。野良犬と言わば言うがいい。俺たちは、生き残る。今、命の咆哮を上げろ。

フルダイブVRに革命を起こす！　最大128対128のチームデスマッチは、およそ戦場にあるものであれば何でも使える！　装甲車や戦車だけでは満足できないあなたのために、戦闘機や攻撃ヘリ、ステージによっては空母も使用可能！

もちろん歩兵を蔑《ないがし》ろにすることもなく、戦場の臨場感を保ちつつも戦闘を快適に行うために考え抜かれたUI、多種多様な携行武器は火縄銃からレーザーガンまで幅広くカバー！

近未来の装備に身を包むもよし、古き良きオールドスタイルを貫くもよし。相棒となる武器を担ぎ、戦場を駆け抜けろ！

「……なんだろうな、このキャンペーンモードとオンラインバトルモードの説明の温度差は。絶対書いたやつ違うだろ、これ」

なんなんだよ、火縄銃からレーザーガンって。お前キャンペーンモードの雰囲気ぶち壊しじゃねえか。それともなんだ、キャンペーンモードでも火縄銃出てくんのか？　……ある意味出てきてほしいな。

でもなんかいいね、このカオス感。制作者がやりたいこと全部突っ込んだだけ感がありありと伝わってくるわ。ちょっとレビュー見た感じも悪くなさそうだし、うん、これにしよう。

パッケージを一つ手に取り、レジに向かうと、ちょうど一人の男性が会計を終わらせて去っていくところだった。……？　あの服装と背格好、イケメン青山君じゃね？　いや、そんなわけないか、仕事だって言ってたしな、多分他人の空似だろ。

店主のおっちゃんにパッケを渡し、つつがなく無言で会計を終える。無駄な会話もないわポイントカードで財布が圧迫されることもないわ、ほんと十夢は最高だな！

さっそく家に帰りゲームを起動する。先に帰ってきていた妹にフルダイブすることを告げているし、タイマーは晩飯の時間を考えて三時間にセットしてあるので、現実世界に憂いはない。

いざ、『スラムドッグ・ウォークライ』の世界へ……‼


「ようこそ、新たなガルム隊員。あなたの着任を歓迎いたします」

「ふぉえあっっ⁉」

フルダイブの余韻から目を覚ます前に、突然声をかけられて慌てて飛び起きる。というか、もともと立っていたのでその場で変則的な垂直跳びをしただけだけど。

心臓はバクバク言っているが、異常興奮センサーには引っ掛かっていないのでセーフ。変な声が出てた？　無言で気絶するよりは声が出た分マシだろ。

何はともあれ正面を見てみると、ホログラムでできたモニターに軍服姿の女性が映っているのがわかる。

「落ち着かれたようですね。本日よりあなたのオペレーターを務めます、ラブラドールと申します。あなたのお名前をうかがっても？」

　プレイヤーネームね。いつも通りのアレ、『ラオシャン』と同じやつで。

「あ、赤信号」

「『あ、赤信号』でよろしいですか？」

　ギャグで言っているのだろうか。やはりＶＲはＶＲ、言葉のつっかえとかそういうのは考慮してくれないんですね。それとも軍人らしく冗談通じない感じなんだろうか。『ラオシャン』のアクアなんか人魚っつーより坊主みたいな考え方してたけどな。

　いやいや、そんなことより修正修正。このままだと信号無視しそうになった人みたいになってんじゃん。俺は赤信号そのものですから。

「プレイヤーネームは『赤信号』でよろしくお願いします」

「了解いたしました。では赤信号二等兵、本日はどのように過ごされますか？」

　あ、俺二等兵なんだ。多分、キャンペーンモードかバトルモードでポイント稼いだりしてるうちに階級上がっていくんだろうな。この手のミリタリーゲームやってて思うけど、どうやったら士官教育も受けてない二等兵が元帥とかになれるんだろうな。叩《たた》き上《あ》げとかそんなレベルじゃねぇぞ、自分以上の人間が０になるまで下剋《殺》上し続けるくらいしなきゃなれんしょ。

　そんなどうでもいいことはさておき、目の前にあるホログラムディスプレイに表示されたキャンペーンモードかバトルモードを選ばなくては。まあ、キャンペーンモード一択だよな。操作に慣れたいし。もちろん他人《プレイヤー》の居ないところで。

「キャンペーンモードでよろしく」

「了解。ではあなたを戦場へとお連れします、ご武運を」

さーて、ストーリー楽しみながら操作方法でも覚えますかね。


「ドーベルマン隊長……プードル、チャウ・チャウ、ハスキー……チクショウ、シェパードの野郎ぜってぇ許さねぇからなぁ……！」

「何ぶつぶつ犬の名前を呟《つぶや》いてるのよ気持ち悪い」

隣に座ってハンバーグを口に運んでいた優芽が、心底ドン引きしているというように胡乱《うろん》げな横目で俺を見ていた。

うるせぇ！　お前はあいつらのことを知らねぇからそんなこと言えるんだ！

ドーベルマン隊長は厳しくも温かく見守ってくれるいい上司で、プードルはカミさん思いでいつも写真を眺めてた。チャウ・チャウはちょっと太り気味だけどジョークで空気を和ませてくれた。

ハスキーはちと嫌みなやつだけどその実誰よりも仲間思いだった。

なのに、なのによぉ……あんな死に方はねぇだろうがよぉ……。

グスグスと涙ぐみながら食べる晩飯はそれでも温かく、母が作ってくれた料理はおいしい。

「あいつらはもう、こんなうまい飯も食うことができないなんて……」

「あらぁ、お兄ちゃんついに壊れちゃったのかしら」

「いや、母さん、これはゲームに感動して感情があっちに行ってるだけだ。俺ものめり込んだゲームのエンディングの後、心がどこかに行ってるときがあるだろう？　あれと同じだ」

頬に手を当てて心配そうに首を傾《かし》げる母さんに、異様に物わかりの良い親父。さすが新作ゲームの発売日に有休をとってそのまま徹夜で全クリした後、ゆっくり時間をかけて実績フルコンプする人は違う。これでももう五十路《いそじ》近いんだぜ、家の親父。

「信吾、『スラクラ』やってるんだろう？　父さんも次の休みにやるから、あんまりネタバレはやめてくれな」

「うん、わかった……」

なお三日後の土曜日、涙を流しながら晩御飯を掻《か》き込《こ》む親父がいた。


豪華な洋館の正面玄関。そこに武装した五人の男が息を殺して突入の時を計っている。

全員の準備が整ったのを見計らい、ドーベルマン隊長亡き後に指揮を継いだアフガン隊長代理が俺の方に視線を飛ばす。

「準備はいいか、新入り。……3、2、1……GO！　GO!!　GO！！！」

ダン！と勢いよく開け放たれた扉に仲間とともに飛び込む。

エントランスホールになだれ込むと、中には十数人の武装したマフィアが配置されていたが、まさか正面から来るとは思ってもいなかったのだろう。虚を衝かれて行動が遅れた敵の間抜け顔がよく見える。

鉛玉のお届けだ、送料は無料ですよ？　クーリングオフは無いけどな！

「相棒！　三時方向の二階から敵増援っす！　手榴弾《しゅりゅうだん》をお見舞いしてやるっすよ！」

コーギー二等兵の声通り、敵の援軍がぞろぞろ来ているのが視界に入った。

同期入隊として新兵訓練《チュートリアル》から今まで、ずっと苦楽を共にしてきた相棒が示す先に、ピンを抜いて二秒待った後、手榴弾を投げ込む。

放物線を描いて狙い通りの場所に落ちた手榴弾は、着地と同時に爆発。援軍の大半はそれによって吹き飛ばされ、残りもつつがなく掃討された。

「うん、手榴弾のタイミングは完璧に摑んだな。投げ返されてた最初の頃が懐かしい」

敵も味方も死にもの狂いという設定のこのゲームでは、「安全策をとって様子見しよう」というAIを持つNPCは存在しないと言っていい。

即断即決即行動という潔すぎる思考の下、爆発までに時間のある手榴弾などは速攻で投げ返されてしまう。

「VRとリアルゲーの違いにも、最初は振り回されたなぁ……」

銃の残弾がなくなった場合はナイフなどではなく銃身で殴り掛かることもできる。数キロもある金属もしくは強化プラスチックなどの塊でぶん殴られると、人間は普通に死ぬということを体に

(物理的に)叩《たた》き込《こ》まれた。

俺がやったことある昔のゲームだと、割り振られたボタンを一回押すだけで即座にナイフが振られるし、基本的に当たれば即死だったものだ。

それがフルダイブVRゲーム(『スラクラ』しかやったことないけど)だと、ナイフをちゃんと自分で取り出さないといけないし、首や鳩尾《みぞおち》といった急所に当てないと即死にはならない。まありスクを冒す近接戦という以上かなりのダメージになるのだが、わざわざ使おうと思うほどの利点には思えない。

『基本ヘッショ以外じゃ即死しないくせに、何ナイフが掠《かす》ったぐらいで即死してんだよ』とは、昔のFPSやってたときに散々思ってたことなんだけどね。

その他いろいろあったが、キャンペーンモードも終盤に差し掛かりフルダイブVRに順応できたと言ってもいいだろう。初めの頃からは見違えるほど動きがよくなった……と思う。

「ぼさっとするなよ、新入り。この館にシェパードのクソ野郎がいるんだからな。死んでったやつらの敵討ちがようやくできるぜ」

「気負いすぎるなよダルメシアン。こういうときこそ冷静に、だ」

「へへへ、大丈夫っすよシバさん。心は熱く、思考はクールに、でしょ? ダルメシアンさんもあいつの頭に風穴空けるまでは忘れませんって」

「軽口はそこまでだ、お前たち。残弾確認が済んだなら行くぞ」

アフガン隊長代理の声に従い、部隊員がサッと移動を始める。

俺は一切しゃべってないが、会話が終わり次のエリアへと進むようだ。

『スラクラ』は主人公《プレイヤー》がしゃべらなくてもNPCがよくしゃべってくれるから、お一人様でも楽しめるね。

VRのギャルゲーとか、ある意味で現実の女口説くよりも難しいらしいからな。フィクションの個性が強すぎる女なんてどうやって付き合えばいいんだよ。

ちょっと興味本位で調べたけど、ヤンデレ妹ルートとか絶対いやだわ。バッドエンドに入ると他ルートのヒロインを次々と刺していくし、結局主人公も監禁生活を送った後刺されるとか。俺は絶対にやらない。そもそも女の子口説けるほどのコミュ力ないし。

「こっちだ新入り、早く来い」

危ない危ない。ちょっと目を離していると部隊の皆は先に進んでいて、奥に続く扉の方からこっちにこいと手を振っていた。

小走りに追い付き、NPCに先導してもらう形で先に進んだ。

一時間後。

「……まさか、ここまでお前たちが噛《か》みついてくるとは、な……。ぐふぅっ、……は、初めから尻尾を巻いて逃げていれば、今頃みんなで犬小屋に帰れたかもしれんのになぁ……」

「俺たちは『ガルム』、地獄の猟犬だ。獲物を逃しちゃ名折れなんだよ、シェパード。仲間を裏切り、敵に尻尾を振るようなやつはもうその時点で負け犬だ」

「ふ、ふふ……。なんとでも言え、アフガン。私は後悔などしていない……殺す以上、殺されるとも。今回は、私が殺される側だっただけ……。さあ、殺《や》れ。逃げ場のないこの袋小路《ふくろこうじ》で、お前たちがどう死ぬのか、楽しみだ……」

「あばよ、元副隊長」

響く五発の銃声。

一人一発ずつの鉛玉を同時に撃ち込まれ、シェパードは事切れた。

「行くぞ、お前たち」

「俺たちに行き場なんてあるのか？」

「どう考えても家には帰れそうにないっすよねぇ」

「へっ、行先《いきさき》なんざ決まってんだろ。なあ、隊長代理？」

「俺たちは猟犬《ガルム》。獲物がいるなら狩るだけだ。さあ行くぞ、戦場に咆哮を響かせろ‼」

最後に残った五人の猟犬は、爪と牙ある限り戦い続ける。たとえそれが死を定められた戦場でも、地獄こそが自分たちの狩場だと。

どのような形になるかはわからなくとも、いつか終わりが来るだろう。そのときまで、咆哮が止《や》むことはない。

SLUM DOG WAR CRY

THE END

……。

…………。

………………。

「終わった……。そうだろうなと思ってたけど、全滅を匂わす終わり方か……」

意識が現実に戻ったのを確認し、両手を添えて頭に被っているVRギアを取り外す。

どんなゲームをやっても、エンディング後のこの気分は何とも言えないものがある。達成感と置いていかれたような気持ちがない交ぜになる。クソゲーのエンディング後は別だけどな。

祖父ちゃんと親父のゲームコレクションの中には時折俺の心を折るかのような爆弾《クソゲー》が交ざっていたりした。

画面に豆腐のような白い四角が現れて消せないバグとか、戦略シミュレーションで距離と兵站《へいたん》の概念をぶち壊してワープ襲撃かけてくる潜水艦とか。

個人的に一番のクソゲーは丁半博打《ばくち》のゲーム。いやね、きちんと作られてたよ。でもイカサマとかの要素もなく、ひたすら偶数奇数という二分の一を当て続けるゲームに俺は楽しみを見出《みいだ》せなかった。取って付けたようなストーリーモードがあったけど、相手によって何が変わるとかないし。

淡々と転がされるサイコロはいっそ恐怖ですらあった。

いかんいかん、せっかくのクリア後の空気がクソゲーの思い出で台無しになるところだった。

「まだノーマルモードクリアしただけだけど……。オンラインバトル、やるかぁ……」

せっかくのＶＲ、対人恐怖症レベルのコミュ力であってもやっぱりやってみたい。

ＦＰＳ歴＝ＡＩ操作のｂｏｔとの戦いの歴史という俺の悲しみを終わらせたいしね。超速反射でヘッドショットしてきたと思ったら室内でロケラン担いでるＡＩとプレイヤーの違いとはどんなものだろうか。

「ま、それも明日からだな」

後回しはダメ人間の必修五科目だから当然履修済みよ。あと四つ？　棚上げ、責任転嫁、ものぐさ、甲斐性《かいしょう》なしかな。結構被ってる？　今考えたから許して。


と、いうわけでやってきましたオンラインバトルロビー。

オンライン用のアバターもカスタマイズしてきましたよ。キャンペーンモードをクリアしたからいろんなアイテムがアンロックされてたわ。

我がアバターはほとんどデフォルト。要は現実の俺を若干イケメンにしてアングロサクソン系にした感じ。ボイスチェンジャーもあったけど、声はそのまま。

まあどんだけやっても基本的に戦場に立ったらマスクやヘルメットで隠れるらしいから、ロビー用ってことなんでしょ。

空港のチェックインロビーみたいな作りのここには、そりゃもうたくさんのプレイヤーがいて、『スラクラ』の人気がわかるね。混雑回避のためにロビーはプレイヤー数百人ごとに区切られて、フレンドとおしゃべりしたいならフレンド用ロビーを作ることもできるらしい。

みんな個性的な見た目で、近未来風のバトルスーツもいれば、戦国武将みたいな甲冑《かっちゅう》姿もいてもう何がなんやら状態。ボイスチェンジャー機能を忘れたのかわざとなのか、女キャラで野太い声のプレイヤーもいたけど破壊力がすごかった。

このロビーから戦場に行くわけだけど、オペレーターのお姉さんにお願いするかコンソール開いて、バトルモードを決めなきゃいけない。

バトルモードは大きく分けて団体戦と個人戦に分かれる。

団体戦は今のところ三つ。

二チームに分かれて一定数の合計キル数を競うチームデスマッチ。

八人ごとの分隊に分かれて他分隊の殲滅《せんめつ》を狙うスクワッドデスマッチ。

マップごとの拠点を制圧し合うコンクエスト。

二手に分かれる場合はマップの大きさによって32対32、64対64、128対128の人数でマッチングされ、スクワッドデスマッチもマップごとに参加分隊数が変わるらしい。

個人戦は以下の三つ。

制限時間内でのキル数、デス数で増減するポイントの合計値を競うバトルロイヤル。

死ねばそこで終わり、最後まで生き残ることを目標とするデッド・オア・アライブ。

銃器を没収され、手榴弾や近接武器でしか戦えないクロスレンジ・バトル。

個人戦の場合は最大人数が百二十八人だが、それ以下の人数でもマッチングされるらしい。

これから先のアプデでまだ増えるらしいけど、今のところはこの六種類のバトルモードがあるわけだ。

「ふむ……初心者が死にまくっても迷惑が掛からない個人戦があってよかった。とりあえずバトルロワイアルから行こう」

参加するモードを決めたら、コンソールを開いてポチポチと選択。視界の端にマッチング終了までのカウントダウンが始まり、ゼロになった瞬間、視界が暗転した。

足元が確かになる感触。次第に明晰《めいせき》になってくる感覚。

視界が晴れて市街地のフィールドが見えるようになったが、まだ体は動かない。目の前にコンソールが現れ、戦闘開始まで二十秒のカウントが出ている間に自分の使う装備セットを選択しなければならない。

装備セットはここに来る前にあらかじめ設定しておいた。

レーザー銃から火縄銃、パチンコまであるこのゲームでは、アドバンスド《近未来》、プレゼント《現代》、オールド《過去》の三つのスタイルがあり、それぞれ使用できる装備や特殊能力であるアビリティが違う。

大まかな特徴としては以下の通り。
アドバンスドスタイル：レーザー銃等の光学兵器が使える。武器そのものは全体的に高性能だが、カスタマイズの幅が狭い。アビリティを使用した機動力が頭おかしく、ホバー移動やフックショットで戦場を所せましと駆け巡る。反面、能動展開型《アクティブ》ばかりでリキャストタイムも遅く、使いどころを間違えるとジリ貧になる。有名なアビリティはホバー移動と短時間の飛行ができる『ジェットパック』。このスタイルを選ぶと、見た目がスタイリッシュなバトルスーツになる。
プレゼントスタイル：武器、能力ともにバランスがよく、とりあえず困ったらこれ。特筆すべきは武器カスタマイズの幅広さ。ショットガン二丁流といったなんかできそうなものから、狙撃特化ハンドガンという意味のわからないカスタマイズができる。キャンペーンモードがこのスタイルで行われていたため、なんとなくで使い続ける人も多いらしい。有名なアビリティは倒した相手の弾薬を奪って補充する『現地調達』。見た目はコンバットベストにフェイスマスクとヘルメットのザ・スタンダードな軍人。
オールドスタイル：過去に戻りすぎていると言われるイロモノスタイル。弓矢に刀、火縄銃という和風装備、カイトシールドにクロスボウといった西洋装備があり、それらを交ぜて使うこともできるのでカオスとしか言いようがない。ピーキーな武器が多く、初心者お断りスタイルと名高い。有名なアビリティは致命傷を食らっても五秒間行動できる『死なば諸共《もろとも》』。
見た目は足軽っぽいのと騎士っぽいのの二種類ある。なお、見た目で防御力に変化はない。

そして今回選んだセットはプレゼントスタイル。というか、武器のアンロックの都合上、まともに使えるスタイルが今のところこれしかない。

メイン武器となるのは連射力とリロードスピードに優れたサブマシンガン。二つ選べるカスタマイズは拡張マガジンとフルメタルジャケット。拡張マガジンは説明するまでもなく弾数増強、フルメタルジャケットは貫通力の向上。何でもそれなりの壁ならぶち抜いて向こう側の敵にヒットするらしい。

サブ武器はサイレンサー付きのオートマチックハンドガン。威力も低く、弾数も少ない。サイレントキルと最後の足掻き用だな。

特殊武装はみんな大好き手榴弾。フラググレネードと呼ばれているもので、ピンを抜いてだいたい五秒後に爆発する。二個しかないから大事に使おう。

最後に二つ選べるアビリティは両方常時展開型《パッシブ》。倒した相手から弾薬を奪える『現地調達』と走行距離が延びる『ランナー』を装着。なんせサブマシンガンをメインに据えている以上、弾はすぐ無くなるし、喧《やかま》しい音を立てるから戦闘後はすぐに逃げなきゃいけないからな。

5……4……3……2……1……スタート!!

さあ始まった。このゲームの定石なんて全くわからないけど、まずは身を隠そう。

フィールドはシティというよりはタウン的な、アジアンテイストの長屋のような建物が多い中型現代マップの市街戦。砲撃によってか建物は所々が破壊されており、身を隠す場所に困ることはない。逆に言うとどこから銃弾が飛んできてもおかしくないってことなんだろうが。

視界の端に映るミニマップを確認しながら、瓦礫《がれき》に覆われた道を走る。

曲がり角付近では速度を落として足音を小さくして、顔をちょっとだけ覗《のぞ》かせて誰もいないかを確認。このあたりはＦＰＳでは基本かな？　チュートリアルで口を酸っぱくして教えられた。

足音はそういうアビリティを使わない限り完全に消すことはできないけど、それでもやるのとやらないのとでは違う。

曲がり角の確認も、このゲームは手鏡まで標準装備と来たもんだ。いちいち取り出すの面倒だから俺はあんまり使わないけど。

お、ミニマップに反応在り。さっそくドンパチが始まったか？　このまま北の方に進んでいけば敵がいるっぽい。

バトルロイヤルはポイント制。死亡するとポイントは減るが、倒さなければポイントは入らない。そしてキルされて減る量より、キルして増える量の方が多い以上、積極的に交戦すべし、だ。

出会い頭の事故には気を付けつつ、交戦地点まで急行。

俺の装備は完全に近距離戦用、何はともあれ近づかなければ何もできない。せいぜいが手榴弾ぽーいしかない。

ミニマップは敵を示す赤い点が少しずつ増えてきており、交戦は激化しているようだ。早く交ぜてもらわないと。

「さて、この辺か……あそれ、ぽーいっと」

交戦地点と目される場所に、長屋一つ挟んだところから手榴弾を投げ入れる。ミニマップの反応をもとに投げ入れているが、まあ当たればラッキー程度だな。

「む、やっぱ誰にもヒットしないか……」

「見つけたぜぇ！　死《ね》や《や》ぁ《ぁ》どうもこんにちは‼」

「おわぁ⁉　ぐえっ……！」

長屋の窓をぶち破りながらプレイヤーが飛び出してきた。

今までやってきたゲームの経験的に、長屋は背景オブジェクトでその中に入れるなんて思わなかった俺はとっさのことに反応できず、相手プレイヤーが握りしめていた火縄銃が左側頭部にクリーンヒットして地面に転がり、あっさりと死んだ。

「マジかよぉ……」

そうだった、このゲームのウリは『何でも使える』ことだった。極端な話、地面に落ちてるガレキをぶん投げても相手を倒せるんだよ。やろうと思えば落とし穴を掘ることだってできるというネットの情報をすっかり忘れてた。

ええい、今までのゲームの固定観念を捨てなければ。ていうかどんだけ作りこんでるんだよ、技術の進歩ってマジでスゲーな。

リスポーンまでの数秒間流れるキルカメラで自分がどんな風にやられたかを知ることができるが

……そこには火縄銃をこん棒のように構えて徘徊《はいかい》する、簡素な具足に草鞋《わらじ》という背景にそぐわない足軽風の男と、そんな男に撲殺された男が一人。これ完全に蛮族の通り魔だな。

キルカメラが映すプレイヤーネームは『緋座羅《ひざら》』。ええ……カッコいい名前……。

これ見る限り最初っから火縄銃で殴る気満々みたいだけど、それにしてもなんで火縄銃なんだろ、アンロックしてないからわかんないけどネタ武器じゃないのか。持ちやすいのかな？　俺《おれ》が知らないだけでフィット感バツグンだったり？

それはともかく初めてのデスは早かった。始まって二分も経ってないよ。

「まさか初死因が火縄銃で撲殺なんて……。『ラオシャン』の初死にも首長竜だったし、なんか変な死因に取り憑《つ》かれてるのか？」

何もできなかった悔しさはあるが、初心者がいきなり無双できると思うほど夢見てないし、そこまでゲームの才能はない。なんであれ、まずは練習練習。ゲームなんだし、やり方は死んで覚えりゃいいんだって。


「緋武太《ひぶた》、四時方向ゴミ箱横一人！　距離四十メートル！」

「合点承知ィ！」

ドゴォォン‼と空気が膨張破裂する大音量とともに、俺の脳天に風穴が開いた。

キルカメラに映る名前は緋武太。オールドスタイルということが一目でわかる御貸具足姿の鉄砲足軽だ。その周囲には同じような格好をしたプレイヤーが二人。

これが何を意味しているか、わかるだろうか。

「あークッソ！　死んで覚えりゃいいっつっても、一方的に狩られたら何を学べっつーんだよ！」

リスポーンしてすぐの建物の扉を開けて中に入り、てごろな椅子に乱暴に腰かけため息をつく。

ゲームとはいえ撃って撃たれての最中にそれはどうかと自分でも思うが。

12デス2キル。それが制限時間半分経過時の俺の戦績である。

初心者云々というのもあるだろうがいくら何でもクソすぎるが、それには訳がある。

最初に俺を火縄銃で撲殺した緋座羅。あの戦国通り魔みたいなやつがあと二人いたのだ。

その名も緋武太と緋那和《ひなわ》。緋武太はさっき俺をぶち抜いた下手人だが、緋座羅も含めてネーミングのセンス的にどう考えてもこいつらリア友だろ。

三人ともオールドスタイルで得物は火縄銃。しかもやたらめったら強く、今のところ出会ったが最後１００パーセント狩られている。

俺はもう完全に彼らの得点源にしかなっていない。「おっしゃ一点ゲットォ!!」って言われながら心臓ぶち抜かれたからね。俺はｂｏｔか何かか。

「12デスのうち9デスがあいつらなんだよな。なんなんだあいつら……」

俺自身がネタ武器と言った通り、『スラクラ』における火縄銃というものはとにかく扱いづらい。つっても情報サイトを流し読みしただけだけど。

まず一番の問題がリロード。

火縄銃である以上当然単発式なうえ、リロードの度に早合《はやごう》という一発分の火薬と銃弾が入った小さな筒を銃口にあてがい弾薬を挿入、その後木の棒を銃口に挿し入れて突き固める。ここまでやってようやく発射準備ができるのだ。どんだけ早くても十秒以上かかるうえに、この後照準を定めて引き金ひいて……乱戦になるとまず二発目は撃てないだろう。その点では矢を取り出してつがえるだけの弓の方が断然早い。

二番目の問題が射程距離と精度。

致死圏はおよそ三十メートルほど。ゲームの宿命ゆえに距離減衰が異常に大きいショットガンよりは多少マシな範囲だが、プレゼントスタイルでカスタムすればハンドガンでももうちょい先の目標を殺れる。そのうえ精度も悪く、反動がでかくて弾がぶれる。正確に当てたきゃ至近距離に行かざるを得ない。

三番目の問題は音がうるさいこと。

一発撃てば間違いなく居場所が割れると言われるほどの大音量が響き、周囲の敵を集めてしまう。しかも火縄銃にカスタマイズは無いのでどうしようもない。

反対に火縄銃の良いところとしては、威力と無限の弾薬だ。

致死圏の中なら腕に当たろうがつま先をかすめようが問答無用で相手は死ぬ。そして使う度に補充される無限の弾薬。ほかの銃器なら間違いなく運営に苦情が入るほどのメリットだ。

だが、ここまでしても火縄銃の評価はネタ武器である。

そりゃ、どこに当たってもキルできる魔弾を撃てても当たらなきゃ意味ないし、当たってもクソやかましい音を聞きつけた周囲のハイエナにぬっ殺されるのがオチ。無限の弾薬？　せいぜい一発二発しか撃てるチャンスがないのに無限にされたって、ねぇ？

だというのに、あの火縄銃三人組はそんな火縄銃で死体の山を量産していた。

俺を撲殺したり銃殺したり撲殺したりした後のキルカメラでは、勢いそのままに周囲のプレイヤーを撲殺する光景が何回か見えた。いや撲殺メインって、火縄銃の使い方間違ってね？

ちなみにやつらは撃っても強い。火縄銃の発射音が聞こえた後はほぼ確実にミニマップのエネミーマークが一つ減る。

インターフェースを開いて確認できる現状のポイントランキングでは、上から三人がその火縄三銃士だ。

たまたまほかのプレイヤーがいきなり躍り出てきた緋那和に撲殺される現場を見たが、やられる方は唖然《あぜん》とした顔のまま顔面をフルスイングされて逝った。ちなみにその後、隠れていた俺も見つかって脳天を撃ち抜かれて死んだ。それがさっきのアレだ。

けっこう真剣に隠れてたんだけど、どうして見つかってしまったのか。

答えは簡単だ、根本的に情報量が違う。やつらは三人で組み互いをカバーし合っている。俺が殺された後のキルカメラに鉄砲足軽が三人、争いもせずに仲良く映っていたのがその証拠だ。しかもフレンド間のボイスチャットまでできるみたいだ。無線完備の分隊相手に個人で戦えとか無理ゲーだろ。なんで足軽がインカムつけてんだ。

というか、やつら以外も組んでいるやつらがそこそこいる。二人一組どころか小隊規模で組んでるやつらまでいたぞ。

仲間がいることがどれだけ有用かは、リアルとゲームかかわらず知られているだろう。

特にこのFPSというゲームジャンルでは個人とチームでは戦力に雲泥の差がある。単純に火力の増強だけでなく、索敵時には死角をカバーし合えるし、一人が囮《おとり》になるなんてこともできる。とどめを味方に任せて玉砕特攻なんてのも十分選択肢に入るだろう。

また単純に生存率が上がるので、キルストリーク（死なずに一定数の連続キルを達成することで特殊な装備を得られる）のチャンスも個人のそれよりグッと多くなる。

「ふざけんなよなぁ……。何のための個人戦なんだ。フレンド同士でマッチングさせたらこういうことになるんだって。フレンドがいない僻《ひが》みじゃねえぞ、クソ」

大多数は個人で戦っているんだろうが、徒党を組んでいるやつらがいるということにモチベーションが下がる下がる。つーかほかのはともかく火縄三銃士なんて個々でも無茶苦茶強いのに組まれたらどうしようもねーわ。

「はーマジテンション下がるわーチャラ男風に言うならテン下げ？ってやつだわー。別に勝ち負けにはこだわりないけど個人戦でチーム組んでるクソどもに目にもの見せたいわー」

なんかねーかなー、誰でもできる暗殺術みたいなの。あいつらいっぺんキルできるならこのゲームで百回死んでもいいわ。

つってもなあ、質量ともに完全敗北なうえ、ゲームに関する知識もおそらく天地ほどの差があるだろう。そもそも俺オンラインバトルは今回が初めてなんだし。

台風にでもあったと思って諦めるしかないのかな。不特定多数とマッチングする以上、こういうこともあるってさ。

そんな風に椅子に身を投げ出してクソデカため息をついているときだった。

「ねえ君。このゲーム、楽しんでる？」

「あ？　絶賛不貞腐《ふてくさ》れ中……ひゅぅぁっ⁉」

なんだ⁉　誰だ⁉　扉を開けた音も窓を割った音も壁をぶち抜いた音も聞こえなかったぞ⁉　クッソ油断してた、今からじゃ銃を向けるのが間に合わねぇ！

「ああ。待って待って、今は殺り合う気はないんだ。ちょっとお話ししようよ。ファッキン火縄銃とクソチーマーにうんざりしてる者同士、さ」

アドバンスドスタイルだろう近未来風のぴっちりしたスーツに、やたらと丸みを帯びたレーザーガン的なものを携えたプレイヤー。音もなく現れたどう見ても怪しいそのプレイヤーは、手のレーザーガンをポイッと床に捨てて、手近なテーブルにやや乱暴に尻を乗せた。

「僕はブルマン、よろしく。見ての通りアドバンスドスタイルでね、五秒間身動きしないことで発動するステルス迷彩のアビリティでここに隠れていたんだ。なんか、チーデスの方でも有名な分隊が個人戦でチーム組んでるの見てやる気が失《う》せちゃってね」

はあーーっと俺に負けず劣らずの大きなため息をついて、机の上で片足を抱くようにしてブルマンはうな垂れた。

「は、はぁ。赤信号、だ」

おっ、手前味噌《てまえみそ》ながら結構普通に返事できたんじゃね？　俺も対人慣れしてきた？

あん？　これぐらいオウムでもできる？　バカお前動物タレント舐めるなよ、あいつらその辺の小学生より頭いいからな。あっ、俺のコミュ力は小学生未満でした、すいません。

つーかあれだな、ブルマンの声どっかで聞いたことがあるような気がする。まあ、ボイスチェンジャーとか使えばどうとでもなるし、誰か芸能人の声でも真似てるのかも。そういえば顔も中性的なタイプのイケメンだ。ネタキャラ目的以外でわざわざゲームで不細工になりたいとは思わないけど、もしこれがデフォルトのままだとしたらリアルでもかなりのイケメンだろう。

「赤信号……あかしんごう、ね。ふうん……。……赤信号さんはこのゲーム好き？」

まじまじと俺の顔を見つめてくるブルマンに若干引く。なんだ、俺の顔は自慢じゃないが超モブ顔だぞ。大概の人が親戚の誰かに似てるような気がするっていうような顔だ。ちょっと悲しい。

それはそうと、『スラクラ』が好きかどうか？　どちらかというと好き、かな？　まあ、キャンペーン終わったばっかでオンラインマルチは初めてだからアレだけど。ちなみにオンラインに限っては今割と嫌いになりかけてる。

「キャンペーンは終わらせた」

「そっか。僕もキャンペーン好きだよ。未来編に出てくるチワワトロンとデスパピヨンのキャラが好きだな。過去編の柴之介《しばのすけ》もカッコよかったけど」

すいません、俺まだ現在編しか終わってないっす。なんだ、未来編や過去編ってどうやったらプレイできるんだ？　デスパピヨンすげー気になるんだけど。

ちょっと楽しみになってきたな、やっぱキャンペーンモードに籠るか。俺の安住の地はやっぱオフラインなのか。

「学校と仕事が終わった後にやる『スラクラ』はこの一週間の楽しみだったんだけど、肝心要のオンラインバトルがこれじゃあね……。個人戦でここまで本格的にチーム組めるような設定は運営がアホとしか言いようがないよ。チーム的行動とみなされる場合は強制退室くらいしなきゃ。そもそも敵対してるはずの相手とフレンドチャットができるって何なんだよ、全体チャットはイキり発言とかに使えるからいいけどさあ」

ああ、やっぱりそういうペナルティとかあってしかるべきなんだ。オンラインマルチとか全然やったことないから知らなんだ。ボイチャとかはどう考えてもおかしいだろと思ってはいたけど。

多分、ブルマンはこのゲームが本当に好きなんだろう。キャンペーンやり込んで、毎日ワクワクしていたに違いない。だからこそ、このオンラインの状態にがっかりしているのだ。

原作漫画が好きでゲームをやってみたらとんだクソゲーだった、みたいな感じかもしれん。……某野球漫画原作のゲーム思い出したわ。センター前ピッチャーゴロを俺は許さねーからな、仕事しろや外野。

「それでさあ、僕、ちょっと運営に喧嘩《けんか》売ってみようと思うんだ。個人戦でチーム組めるようなシステムだとどうなるかってね。それには協力者が要るんだけど、どう？」

「……あいつらと同じになるのはいやだ」

「無理強いはしないよ。でも、話は聞いてほしい。このままいくと、最終的にはこういうこともできるってことをね」

まあ、この試合は捨てたようなもんだ。話を聞くくらいならいいかもしれない。

それに、なんかブルマンとは波長が合うというか何というか、あんまり緊張しないし拒否反応も出ない。多分、俺の言葉足らずなしゃべり方でも意図を汲《く》んでくれているからだろうか。もしかしたら、知り合いだったりしてな？

「いいかい、初めに言っておくけど、僕はこれから行うことを全て動画に撮って公式の投稿ページにアップする。その結果、僕はおそらく垢《あか》ＢＡＮされる。もし君が協力してくれるなら、君も巻き添えを食うかもしれない。自分で提案しといてなんだけど、この作戦はクソ中のクソだ。多分、組んでるやつらですら考えはしたことあっても実際にはしてない。暗黙の掟《おきて》レベルのマナー違反だ」

そこまで言って、ブルマンは俺の反応を窺った。

こいつは垢BAN覚悟というだけあって、なかなかヤバいことを考えている臭い。

だがそれだけに本気で今の状況を憂えているともいえるのかもしれない。まあ、ただ単に愉快犯的行動に俺を巻き込みたいだけかもしれないが。

俺が先を促すように頷くと、ブルマンは少し焦《じ》らすような間を置いた後、暗い笑みを口の端に浮かべた。

「………して、…………………するんだ」

あーなるほど。これはたしかにクソ中のクソだ。

そりゃあ誰もやらんわな。だって、言ってみりゃゲームの全否定だもん。

「やろう」

だが俺はやるぜ。いいじゃん別に。先に個人戦というゲームの趣旨を否定したのはあっちだ。

万引きも窃盗も同じ盗みなんだぞ？　自分のやってることはショボいから許されるとか思うな。

万引きでつぶれた店だってあるんだからな。今は電子書籍が主流になったけど、本屋とか万引きの被害が凄《すご》かったと聞く。

「助かるけど、いいの？　君も垢BANされるかもよ？」

「アカウントはまた作り直せばいい」

悲しいけどコレ、現実なのよね。フレンドとか一切いないから、このゲームをリセットしてアカウントを登録し直せばいいだけだし。最悪でもＶＲギアの方のアカウントを別のにすればモーマンタイ。

「そっか……じゃあ、まずはフレンドコードを交換しよう。これがなくちゃ始まらない」

友達いないと言ったら友達ができたでござる。いや、この場合は共犯者、かな。

なんにしろ、初めてのフレンドと悪だくみ始めます。……ちょっとこういうの憧れてたんだよね。

メインの戦場となる場所から外れた地区。民家と民家の間に作り出された天然の迷路とも言えるその路地裏を俺は走る。

最低限の周囲警戒を行う以外何もせず、長距離走の選手のごとくただ走る。パッシブスキル『ランナー』のおかげで息切れするまでの時間が延びているのがとても助かる。

「目標地点まであと3ブロックだ」

『了解、こっちはもうすぐ着くよ』

フレンド間で使用できるボイスチャットから聞こえるのはブルマンの声。その会話内容からわかるように、今俺たちはお互いに近づく形で移動をしているのだ。

基本的にはランナー持ちの俺が多く走る。ブルマンはステルスで隠れつつ、本当に最低限の移動のみだ。俺が何回死のうとも、やつには生き延びてもらわないと困るからな。

いつまでも路地のように隠れながら進めるところであればいいが、そうは問屋が卸さない。今回のバトルフィールドが町である以上、ブロック分けされた区間を行き来するにはどこかで道路を挟まなくてはならない。

そしてそういうところは射線が通りやすい。つまり、プレイヤー同士の戦いの場になりやすい。

「チッ、逃げられた！」

「なぁに、焦ることはねぇよ。長篠《ながしの》分隊はこっちにいねぇしな」

ちょうど今俺がいるブロックとこれから向かうブロックの間にアドバンスドスタイルの二人組が見える。よりにもよってチーム組んでるプレイヤーとは運が悪い。いや、火縄銃の三人組じゃないだけマシか。

正直今は一分一秒が惜しい、悩んでる暇なんてない。

二人が少しだけ目を逸《そ》らした瞬間、ダッシュする。目指すは対面に見える建物横の路地。

「いるぞ、あそこだ！」

む、さすがに気付かれたか。だけど問題ない。半分以上走り切った今、ゴールは目前。アドバンスドスタイルはジェットパックだのグラップルショットだの機動力に優れてはいるが、もし追いつかれても今の俺は走るしかない。どうせ走るしかないなら焦るだけ無駄無駄。

路地に駆け込むや否や追いかけてくる二人を撒《ま》くために曲がり角を適当に挟みつつ駆け抜ける。

ランナー持ちの俺はより長い距離を一息で走れるため、やがて追いかけてくる足音は無くなった。どうやら相手は移動補助のアビリティを持っていなかったか、それとも使用を躊躇《ためら》ったか。どちらにせよ窮地は脱した。

合流地点までまだ2ブロックある。急がないと間に合うかどうか。

「なあ、そこのプレイヤーさん。そんなに急いでどこに行くんだ?」

クソっ! 逃げ込んだ先にいたのか、気付かなかった。

声のした方へ振り向きながらサブマシンガンを向けると、そこには銃を手放し両手を上げている一人のプレイヤーがいた。スタイルはアドバンスド。なんかアドバンスドスタイル多いな。

「……どうして?」

「見てたよ。あんた、あの連中が気付いてないのに撃つこともなくガン無視で走ってたろ? なんか試合ほっぽらかすほど面白いことしててんじゃないのかなってさ」

そういうこと。たしかにあのときは奇襲でもよかったけど、反撃されると時間食うしな。ていうかこの時間も惜しいんだよね。マジで時間ギリギリっぽいし。

「むしろクソの極み」

「正直、ああいう個人戦でもチーム組むやつらがいてちょっと萎えてるんだ。もうこの試合をやる気もなくなったし、何やってるかだけ教えてくれないか。人数要るなら手伝うしさ」

ああ、こいつも同じだ。ブルマンと同じ目をしている。ゲームは楽しいのに、一部のプレイヤーのせいでゲームも嫌いになりかけてる。

時間もギリギリ。一点を除き、協力者がいて都合が悪いこともない。説明するのはゲロ吐きそうになるくらいいやだけど、まあそんなこと言ってる場合じゃないか。

「……を……して…………する」

「……なるほど、そりゃクソの極みだ。でも、それぐらいしないといけないのかもな。当分荒れるかもしれないけど、運営にチマチマ苦情を入れるよりずっとインパクトがある。……よし、手伝うぜ。何すればいい？」

「移動中の護衛を」

理由があって直接的な実行は俺とブルマンでやらなきゃいけない。いや、特定の二人ならだれでもいいが、もうある程度始めている以上俺らがやる方が早い。

なので移動という最も重要かつリスキーな部分を手伝ってもらいたい。時には囮となって死んでもらうこともあるだろうけど。

「移動の手伝いか。神の導きを感じるな、俺はうってつけだ」

そう言って協力者となったプレイヤー（茶管《ブラウンかん》というらしい）は拳大のカプセルを取り出し地面へと放る。

物理法則に沿って地面へと落ちたカプセルはモクモクと煙を上げる。煙玉をなぜこんなところで、といぶかしんでまもなく、そこには近未来的な細身のシルエットをしたバイクが現れた。

「アドバンスドスタイルのアビリティ、ビークルカプセルさ。聞く感じ時間がないんだろ？　多少目立つけどかなり時短になるはずだぜ。見つかったら俺が囮になってやるし、そもそも徒歩じゃ追いつけねぇよ」

なんじゃこりゃあ。スゲェ、アドバンスドスタイルってこういうのもできるのか。アビリティが強力なスタイルだとは聞いていたけどこれほどとは。そりゃみんなアドバンスド使いますわ。

まあ、ここ路地なんですけどね。細身とは言えバイク一機出したらもうキチキチ。何でこんなとこで出したの？

「さあ後ろに乗りな。ここは狭いけど大丈夫だ、へまはしねぇよ。行先案内は頼むぜ」

これフラグじゃね？　乗ったら出発した瞬間壁でガリガリガリィ!!ってなってモミジおろしになったりしない？　ねえ、大丈夫？

結果からいうと、茶管の運転テクは凄かった。やるゲーム間違えてるんじゃないかと思ったら、案の定普段はレースゲーなんかをメインにしているそうな。リアルでもバイク乗りらしいし。

荒れた市街地を爆走するバイクの後部シートは、すごくケツが痛かった。……なんでこういう痛覚は再現するの？

「ここだな!?　さあ早く行け！　俺はあいつらに突っ込む！」

ギャギャギャギャギャ!!と横滑りするようにしてバイクを停止させた茶管に促され、俺はリアシートから飛び降りた。後方では道中に見つかってしまった敵（クソめんどくさいことに四人組）が追いかけてきている。バイクにはところどころ銃痕がつけられ、もう長くは使えそうにない。

礼を言う暇も惜しみ、茶管はスロットルを全開に発進する。どうもあのバイクはそこまで耐久力がないうえに一回出すとキルされるまで二台目は出せないそうだ。ゆえに自爆特攻。追っ手の処理とリロードを兼ねてるんだな。

彼の協力を有意義なものにするためにも、俺は走る。建物が入り組んだこのブロック、大通りから一つ中に入ったところにある赤色の屋根の民家が合流地点だ。あ、後ろから爆発音が聞こえた。派手に逝ったな、茶管。

リビングと思わしき少し広めの部屋に入ると、その何もない片隅からスゥッ……と一人のプレイヤーが現れた。ステルスで隠れていたブルマンだ。

「来たぞ」

「待ってたよ。そしてさようなら」

あまりにも短い、会話とも言えない会話。それが終わると同時、俺の頭にコンバットナイフが突き立てられた。

戦場の中央にそびえる、地上二十メートルほどのビル。もとはもうちょい高かったのかもしれないそれは、今は半壊しておりスナイパーが芋る絶好の狙撃ポイントになっている。

そこより上のフロアがなくなっているために屋上となってしまった場所に、俺とブルマンは立っている。

周囲にいたスナイパーは全て排除した。いや、ブルマン普通に強いわ。動きがやり込んでいる人のそれだもん。

見下ろす戦場には大きな銃声が響いていて、あの火縄三銃士がハッスルしていることがここまで伝わってくる。

「さて、じゃあやろうか」

「派手にな」

俺たちは頷き合い、予定通りの行動を始める。すなわち、全体チャットによる皆様への大演説だ。

ちなみに俺の役目は周辺の警戒。隣で立っているだけともいう。茶管もここに上がってくるための階段で侵入者を待ち伏せている。

「やあやあ、聞こえてるかなみんな？　もうすぐこのゲームも終わりだね、どうだい、楽しかったかな？　――僕ぁクッソつまんなかったよ。なぜって、個人戦のバトルロワイアルなのにチーム組んでるチキン野郎どもがいっぱいいたからね。自由とルール違反をはき違えて得た得点は美味《おい》しかったかい？」

全体チャットが響き、何事かと思ったプレイヤーたちが手を止めたのか、戦場から銃声が消える。先ほどまで大音量でその存在を知らしめていた火縄銃の咆哮も止み、ブルマンの声だけがこの戦場に集うプレイヤーの耳に届く。

「個人戦、特にバトルロワイアルってのはね。誰にも邪魔されずに、ほかの皆が敵っていう極限状態を楽しむものさ。それなのにお前らときたら仲良しこよしで生温《なまぬる》い。そんなに友達と一緒に協力プレイしたいならチーデスに行けってんだ」

吐き捨てるようなその声に反論の声は上がらない。全体チャットという「使うやつ＝イキり」という方程式がそうさせるのか、それとも皆思うところがあるのか。

個人的なことを言わせてもらうなら、個人戦でチームを組むということは戦術の一つであるとは思う。格上を下すために手っ取り早く取れる方法だからな。

だが、最初っからフレンドとチーム組んでやるのはいただけない。だって、隣に立っているフレを撃つ気ないいんだろ？　一時的に手を組んでいつ裏切られるかわからないっていうのならともかく、最初から最後まで組んでちゃあ、それはもう個人戦じゃない。ブルマンが言った通り、仲間が欲しいなら団体戦に行けよ。

「まあ、何が言いたいかっていうとね、お前たちがやってることってのはこういうことだって教えてやりたかったのさ。インターフェース開いて現在ランキング見てみなよ」

そこには、トップの場所に40キルという異常なキル数とともにブルマンの名前が。

そして、ワーストには42デスというクソの極みと言えるデス数とともに赤信号《俺》の名が。

暫定二位である緋那和の19キルにダブルスコアをたたき出したブルマンと、どう考えても関係があるとしか思えない俺に、さすがに全体チャットも騒めく。

そう、このために茶管には移動補助に徹してもらった。誰がどう見ても『ブルマンと赤信号は組んでいる』ということを一目でわからせるために。

「一番上と一番下にヤバいのがいるよねぇ？　ところで、君たちはキルストリークって知ってる？例えば連続3キルで敵の居場所がミニマップに浮かぶ偵察ドローンなんか、しょっちゅう飛んでるよね」

キルストリークとは要するにボーナスアイテム。

連続キル数が多くなればなるほど強力になっていくこれらにアイテムをうまく活用することで、さらにキルストリークを伸ばす。まあ、大抵はそううまくいかないので連続5キルもできれば上等、10キルまで行きゃ英雄だ。

まさか、という声がチャットの中から聞こえてくる。まあ、ここまで言えばわかるやつはわかるわな。俺でもすぐにわかったんだし。

「気付いた人もいるみたいだけど続けるよ。さてキルストリーク、その上限は30キルなわけ。すると超特別な逸品がもらえるんだ。それは、プレゼントスタイルなら核爆弾。オールドスタイルならどこからともなくやってくる大軍の赤備えもしくは十字軍。アドバンスドスタイルならサテライトキャノンだね。これらは特別も特別、なんせその効果は――ゲームセットだ」

これらは存在していても使われることはほとんどない。

なにせ連続30キルという高すぎる壁がそれを手に入れることを拒絶している。

動画投稿サイトですらフレンド同士の談合マッチくらいでしかお目にかかれないそれは、野良で出せたら賞賛の意味でチーターと呼ばれるくらいの幻の一品。

だからこそ、ゲームそのものを否定するような性能が与えられているのだ。

「いわば、コールドゲーム。そこまで圧倒的なプレイヤーに対する賛辞であるとともに、一人だけが突出しているつまらないゲームをとっとと終わらせるための強制終了ボタンだ。そして、今そのボタンは僕の手にある」

どうやってそれを手に入れたか？　俺のデス数とブルマンのキル数を見ればわかるだろう。

フレンドコードを交換した俺たちは、フレンドチャットでお互いの位置を教え合い可及的速やかに集合。その後ブルマンは周囲のハイエナに気付かれないように俺をサイレントキルする。あとはこれを繰り返すだけという簡単な作業だ。茶管がバイクを出してくれたおかげで合流もかなりやりやすかった。

フィールドはそこそこ広いので落ち合うのも容易でないと思われるが、リスポーン地点はある程度選べるうえにブルマンはステルス迷彩持ち。メインの戦場から離れれば、時間はぎりぎりだったが割と何とかなった。マジで茶管のバイクないと間に合わなかったかもな。

一矢報いるためなら百回死んでもいいって言ったな？　あれは本当だ。

「さて、もうゲーム終了まであと二分切ったからそろそろサヨナラの時間だ。その前に言いたいことを言い切ろう。——見てるか、運営。お前たちがどんな意図でフレンド同士で個人戦に確定マッチングできるようにしたのか、あまつさえフレンドチャットの使用まで許可したのかはわからない。だけど、その結果がこれだ」

声を上げながら、その手に握るタブレット端末を操作する。

ほんの数回、タッチとフリックをするだけでその画面には最終発射確認の文字が現れる。

「これは警告だよ。ほんの一人二人の協力者がいるだけで、試合時間の半分もあれば強制終了の権利がもらえるという今の異常事態に対する警告。このまま放置するようなら、このゲームは遠からずこうなるだろうさ」

言い終わると同時、ブルマンがタブレットを勢いよくタッチする。

数秒後、遥《はる》か上空より極太の光の柱が、戦場の中心であるこのビルを目がけて墜《お》ちてくる。この光柱は着弾と同時に爆発し、使用者であるブルマンを除いた全てを焼き払うだろう。

その光に俺が呑《の》まれる瞬間、ブルマンがこちらに向けてサムズアップしているのが見えた。

『プレイヤーネーム：ブルマンにより、サテライトキャノンが発射されました』

リザルト画面にデカデカと書かれた文字。それは本来、達成者の偉業を称《たた》えるものなのだろう。

だが、今回に限っては皮肉にしか見えなかった。


衛星軌道上からの爆撃により戦場は焦土と化し、ゲームは幕を閉じた。リザルト画面を終えると、一瞬の暗転の後にゲームが始まる前のロビーへと転送される。

初オンラインバトルだったってのにどっと疲れた。まあ、人の案に乗っかっただけではあるが、腹立つやつらに一矢報いれたのでそれは良しとする。

なんとなくインターフェースを開いて装備の変更でもしようかと思っていたら、フレンド欄のところに新着マークが現れていた。

どうやらフレンドからメールが届いているようだ。現状の俺にフレンドはブルマンと茶管しかいないが、さてどちらか。

『やあ、赤信号。ブルマンだよ。帰還ロビーが違うみたいだからフレンドメールを飛ばしておくね。協力ありがとう、おかげでちょっとだけすっきりしたよ。約束通り、今回の動画は公式の動画投稿ページにアップしておくから、楽しみ？にしておいてほしい。それと、このゲームのフレンドコードを通じて、君のVRギアのアカウントに僕のフレンドコードを送っておくから、良ければそっちも登録してくれると嬉《うれ》しいな。僕は最悪垢BAN食らうだろうから、また別のゲームでも一緒にプレイしよう』

ほう、協力者にアフターメールを送るとはなかなかなやつだなブルマン。

しかもさらっとVRギアに設定する本元のアカウントの方のフレコまで送ってくるとは。こやつのコミュ力は53万はありそうだな。俺？　53くらいじゃね？　人類のアベレージは出したくないな。

『最後に、一つだけ。君はゲームの中でもあまりしゃべらないんだね、赤石君。久しぶりの声だったからなかなか確信に至れなかったよ。でも、ゲームの楽しみ方は人それぞれだから、それもまたいいと思う。もし間違ってたらこの文はなかったことにして忘れてほしい。恥ずかしすぎるからね。それじゃあ、また。ブルーマウンテンより』

なぜ身バレした⁉ これ、最後のブルーマウンテンってのがブルマンの本名？なのか？

……ってことは青山君お前か、このイケメンモデルァァァアア‼

声でバレたってマジか⁉ 俺が最後にまともにガッコでしゃべったのって一週間くらい前のグループ発表だぞ？ しかも俺の声はめっちゃ小さかったはずだ。……あ、あのとき同じグループですぐそこにいたからか⁉ それにしてもスゲーな、記憶力⁉

つーかイケメンモデルでもゲームすんだな……。しかも結構強かったし。

……あれ？ 俺、ブルマンに勝ってるところ無くね？ ルックス負け、コミュ力惨敗、ゲーム力……互角、互角で！ これだけは、これだけは俺の最後の拠《よ》り所《どころ》なんだぁぁあああ‼

もういい、なんかいろいろと敗《ま》けた気がするから今日はもうやめよう。『ラオシャン』で思いっきり泳いでくるのもいいかもな。

最近はイルカからクジラに変えたんだ。マッコウクジラ楽しいぞ、初めて深く潜ったときはゾクゾクしたもんだ。なお、初潜水は帰りがけにダイオウイカに巻き込まれるというアクシデントとそこから発展した戦いにより、無事窒息死した模様。頭足類との戦い方を煮詰める必要がありそうだ。

深海をメインにしているプレイヤーが割と多くて驚いた。提灯鮟鱇《チョウチンアンコウ》ってスゲーな、雄が雌の体にくっついて一体化しちまうんだってよ。そうなったら雄側のプレイヤーはゲームオーバーなのかな？　それとも雌側が死ぬまで何もできないまま意識だけはあるんだろうか。

とりあえず『スラクラ』からログアウト。ＶＲギアのホームまで戻った俺は、ブルマンから送られていたフレコをちゃっちゃと登録し、試しにメールを飛ばしてみることにした。

「文面、どうしようかな……。こういうの苦手なんだよなぁ」

全ての文章が定型文で出来ていればいいのに。日本語は丁寧語や謙譲語、タメ口を始めとして言い回しが多すぎていやだわ。文章一つ違うだけで褒めたつもりが貶《けな》していた、なんて普通にありうるからな。

あー、でもどうせ行きつく先はあいつだろ。なんかもう青山君とかいうのも馬鹿らしい。ブルマンだかブルーマンだか知らないが、俺のアイデンティティを揺るがすようなゲーム中毒のイケメン相手に悩んでられるか。

「割と使い古された手だけど……、…………、…………、よしっと」

さあブルマンに届け、マイハート。俺の心はスッカスカだぜ？

とある町にあるマンションの一室。さっぱりと小綺麗《こぎれい》に片付けられているその部屋で、二十歳頃の一人の青年がＶＲギアを装着した状態でベッドに寝転がっている。

ＶＲギアとはいうものの、ウェブサイトの閲覧や動画の撮影とアップロードまでできる多機能なデバイスだ。フレンド間でメールのやり取りやボイスチャットもできるので、もはやＰＣと言って差し支えない。

そのホームとなる空間で動画のアップロードの準備をしていた青年が、新しいフレンドの登録を知らせるシステムサウンドとともに、フレンドメールの着信に気付いた。

「お。さっそくフレンド登録してくれたんだ。多分無視されると思ってたんだけど。……ええと、なになに？」

差出人は赤信号。おそらく、いやほぼ１００パーセント、大学で一緒の講義を受けている無口すぎて周囲から浮いているあの人だろう。決め手にはならないが、赤石慎吾と赤信号という名前がそれらしい。

どちらかというと声と顔つきと体格からそうではないかと思った。アバターをデフォルトからいじってないとすれば間違いない。ゲームキャラとしてある程度顔は変わっていたが、自分の顔の変わり方を見ればなんとなく元の顔の想像は付く。普段モデル仲間のメイク後の顔をよく見てるのでその辺はよくわかる。女性は本当に変身レベルで変わるし、男でも軽いメイク一つで印象は変わるからだ。

さて、ゲームの中ですらあまりしゃべらなかった彼だが、はたしてどんな文面を送ってきたのか。もしかしたら文字だと案外テンション高いかもしれない。

少しワクワクしながらメールボックスを開き、その内容を表示させる。

『Ｔｏブルマン　前略　中略　後略　以下略　Ｆｒｏｍ赤信号』

「漫画でよく見る古典的なやつだけど、やられたら絶妙に腹立つなコレ！　ていうか、そんなキャラなの⁉」

まさかまさかこんな文章を送ってくるとは。いや、これは文章と言っていいのか？

意外に茶目っ気があるというかなんというか。必要最低限しか口を開かないうえに言葉も足りないため何を考えているのかいまいちよくわからない人だったが、その実なかなか面白い性格をしているようだ。

そもそも、自分が提案したあの作戦に即断で乗ってきた時点でだいぶ変わっているのだろう。しかもひたすら殺されるだけという、単調作業を通り越した苦行ですらある役目を何も言わず淡々とこなしたあたり相当だと思う。

ポン、と軽い着信音が鳴り、メールがもう一件届けられる。これも差出人は赤信号だ。

今度は何かと思い開けてみると、そこにはこれまた文章と言えるのか怪しいごく短い文が刻まれていた。

『『ラオシャン』で泳いでる。マッコウクジラ』

「言葉が足りないんだよ、君は。これじゃあ『ラオシャン』って名前の水族館でマッコウクジラ見てるのか、それともザ・ライフ・オブ・オーシャンでマッコウクジラしてるのかわからないよ。まあ、ゲームの中でマッコウクジラになってるんだろうけどね、知ってるかどうかもわからない相手に略称使っちゃダメだって」

あまりにも簡素な内容に苦笑しながら、クジラになっている彼を思い浮かべる。

何にも邪魔されず、広い海でただ生きるためにだけ泳いでいる一匹のクジラ。

ああ。きっと、それは彼の性に合っているのかもしれない。

おそらく彼は人間が嫌いなわけではないだろう。ただ単に、コミュニケーションをとるのが苦手なのだ。学校でほとんど口を開かないのも、そうすれば苦手な会話の回数を減らせるだけ。

それは自分に協力してくれたことや、内容はともかく律義にフレンド登録してメールまで返してくれたことからわかる。本当に人が嫌いなら、全て無視すればいいだけなのだから。

『ラオシャン』はセミオート以外ではやってないんだけどね……。久しぶりに海洋生物になるのも悪くないかな」

たしか『ラオシャン』はフレンド検索をすれば別種の生物になっているプレイヤーの居場所もわかるはず。ダイオウイカになって下剋上するのもいいし、シャチになってホエールハントするのもいいかも。普通にマッコウクジラになるのは多分あっちも求めてないだろうしね。

なおこの後シャチになって襲いかかるも、マニュアル操作による曲芸マニューバを駆使する赤信号に普通に沈められた。マッコウクジラの背筋と腹筋を総動員させた振り下ろし式頭突きは文字通り死ぬほど痛かった。

マニュアル操作を極めていつか絶対に喉笛食いちぎってやるからな……。

第3話

コミュ障VSトッププランカー
～インフィニティ・レムナント～

「今日こそはぬっ殺してやるぞクソクジラ！　おとなしく胃の中に収まれぇ‼」

「甘い。急速潜行……と見せかけての前転尻尾ビンタ」

バチコォォーーン‼と空気と水を震わす衝撃が、余すことなくシャチの脳天に叩《たた》きつけられる。

今まさに食いかからんと大顎を開けていたその直上からの一撃は、クジラという大型動物の持つ圧倒的な筋力をもってシャチの頭蓋を砕いた。

シャチはしばらくの間プカリと浮かんでいたが、やがて暗い水底へと沈んでいく。その死骸は小魚に食われ微生物に分解されるだろう。そうして命は巡ってゆくのだ。

無益な殺生などこの世界にはない。生きるために戦い、死んでもほかの命の糧になる。

ああ、素晴らしきかな母なる海よ。あなたより生まれた一つの命が、今あなたに還《かえ》ってゆきます。その命にどうか安らぎがあらんことを……。

「クッソ、クッソ！　また負けた！　どうなってんだよ赤の動きは！　本物のクジラでもあんなにアクロバットな動きしないぞ⁉」

「脳油をうまく使えばあれぐらいできる」

クジラは深海に潜るときに頭部にある油を固め、比重を操作して重しとする。そのウエイトバランスを上手にコントロールすれば、急速潜行も急速浮上も意のままだ。

「くあー腹立つ！　こうなったらいっそ首長竜をアンロックするしかないのか。同じ海洋哺乳類で勝てる気がしない！」

「青、種族を変えただけで簡単に勝てれば苦労しない。首長竜は深海に潜れない」

フレンド間のボイスチャットを使って怒りの声を上げているブルマンに至極当然のことを言い放つ。そしてそれに対してまたブルマンが怒りに震える。

こんなやり取りがもう一週間も続いている。ちょっと前の俺では考えられないことだ。

前回の『スラクラ』の一件で知り合った一人のプレイヤー、ブルマン。

俺の正体をズバリと言い当てたやつは、やはりというか同じ大学で同じ講義を受けているイケメンモデルの青山春人《はると》その人だった。

青山はたしかにイケメンでリア充の憧れともいえるようなモデルの仕事についているが、中身は割と残念なタイプのゲーム中毒者だったことが話していてわかった。

学校と仕事以外の大半の時間をゲームでつぶし、モデルとしての体型維持目的の運動以外で外に出ることはほとんどない。ゲームスタイルとしてはどちらかというと理論派だそうで、『スラクラ』では定番の潜伏ポイントや芋砂（待ち伏せスナイパー発生地帯）、メイン戦場となる地区や大雑把なリスポーン地点を記憶することで立ち回っていたらしい。

俺がこんなのであるために学校では相変わらずほとんどしゃべらないが、いつの間にかお互いを『赤』、『青』と呼ぶようになった。

今は『ラオシャン』をメインに遊んでいて、とりあえず青からのリベンジ戦を毎日のように受けているところだ。

しかし、海の殺し屋と名高いシャチを使ってこのざまとは。シャチの生態や狩猟方法を知ればグッと強くなるはずだが、理論派を名乗る青がそこいらに気付くまでは勝ちは譲らんよ。

いったん休憩しようということになり、再度シャチの姿で青が現れるが、牙を剝《む》くことなくのんびりと二頭並んで海に浮かぶ。

巨体が二つ波間に浮かんでいるその姿は、水族館でも見られない光景だろう。片や深海まで潜るマッコウクジラ、片やパンダカラーのホエールキラー。種族的にもまずありえないが、そんな光景も簡単にみられる。そう、『スラクラ』ならね。

「あ、そういえば『ラオシャン』に大型調整入るらしいよ。僕らからすればようやくといったところかな」

あのサテライトキャノンの一件は青の手により動画がアップロードされ、それを見た同じような思いをしていた個人主義者たちと便乗した愉快犯たちがどんどん似たようなことをしだした。

その結果、『スラクラ』の個人戦は核爆弾が乱れ飛び衛星爆撃が雨霰《あめあられ》と降り注ぐ異常気象と相成り、十字軍や赤備えが日常的に鬨《とき》の声《こえ》を上げるなどまさしく世紀末の状態となったので、この度個人戦のルールやチャットの設定に大幅な改定がなされるらしい。

当然と言えば当然の帰結。何でもかんでも仲良しこよしフレンド天国では対戦ゲームはままならないという例だろう。

ちなみに、俺も青も垢BANされることは無かった。ネット上では核の嵐を起こした張本人として批判されることもあったが、身をもって運営に警告を飛ばしたある種の英雄的行為と受け取られた節もある。

当然ながら批判の方が多いが、運営の対応を見るに向こうとしても思うところがあったのだろう。

とはいえ、ブルマンの名と赤信号の名は『スラクラ』において売れすぎた。

あの一件以降も何度かログインしたが、二人とも異常に目の敵にされたり、逆に頼んでもないのに味方になろうとするプレイヤーがいたりして正直死ぬほどウザい。そのため今はキャンペーンモードを除いて全くログインしていない。あ、デスパピヨンはなかなかいいキャラでした。

俺としてはFPSはNPC相手に銃をぶっ放すものという認識がいまだに根強いのでどうでもいいが、青は結局アカウントを作り直した。

「赤はフルダイブVRを最近始めたって言ってたけど、ほかに何かゲームやってないの？」

「今は『ラオシャン』と『スラクラ』だけ」

ほかになんかピンとくるものあればいいんだけど。ゲーム屋『十夢』でいろんなもの見てもいまいちぱっとしないんだよなあ。

何でもかんでも協力プレイが〜とかギルド戦が〜とかフレンドとともに〜とか、切実にやめてほしい。フレンドがいないやつだっているんだぞ。マイペースで和気あいあいとしたギルドです、、ってコメントを鵜呑《うの》みにするほどこちとら人間出来てねーんだよ。バイト求人広告のいつも笑顔が絶えないアットホームな職場ですと同じくらい信じられんわ。

「今どきのゲームで完全オフラインは珍しいからなぁ……。対人スキルが要らない物ねぇ……レースゲーは？　結構リアルなのあるよ」

「レースゲーねぇ。どうせフルダイブするなら現実離れしたのがいいな」

現実で峠を攻めたりはしないけど、それでもわざわざVRでする必要があるのかというと個人的には疑問。せっかくゲームでやるんだからゲームならではのものがいいんだよね。

「VR人生ゲームとか面白かったよ。結婚マスに止まった瞬間、いきなり嫁や旦那ができるんだけど毎回顔がランダムでね。ガチムチマッチョのうえに甘いマスクのベビーフェイスが乗ってるかと思えば、ダイナマイトボディの顔がおかめだったり。そして身に覚えのない子供ができるできる」

そこはかとなくビターな人生だこと。

毎回思ってたけど人生ゲームの人生ってかなり波乱万丈じゃないか？　フリーターのくせに無計画に子供作るし家買うし。かと思ったら弁護士が月の土地なんて買いだすし。結婚祝いのご祝儀のために借金するとかアホかよ。

「ほかのゲームか……」

日は高く、体にかかる波が気持ちいい。

生死をかけたルール無用の残虐ファイトが日常茶飯事であると同時に、何を思うでもなく浮かんでいられるのも『ラオシャン』の醍醐味《だいごみ》だろう。

ああ、母なる海の中、気持ちいいナリィ……。

『フレンドのゆーみんから合流申請がきています。承諾しますか？』

あ？　フレンド？　……ああ、あーあーあー。うんうん、ＯＫＯＫ。

「青。今からフレンド……というかなんというかだけど、来るから」

「別にいいけど……赤って僕以外にフレンドいたんだ？」

ぶち殺してやろうかこの野郎と思ったが、事実なのでしかたない。今から来るのはフレンドじゃないし。

とりあえず青の承諾も得たので申請に許可を出す。

すると数秒もしないうちにどこからともなくイルカが現れた。このイルカなんて種類だったかな……プレイしたやつと俺を食い殺したやつ以外あんまり覚えてないんだよなあ。

「この人《イルカ》が赤のフレンド？」

「一応紹介しとこうか、青。こいつは……」

「やだすみません、人違いだったみたいです。お兄ちゃんにあだ名で呼び合うような友達がいるわけないもんね。あーもう恥ずかしー！」

「俺が今サメかシャチじゃないことに感謝しろマイシスター。……聞いての通り、妹だよ」

言うに事欠いてこの野郎……。どいつもこいつも俺のことをぼっちだと思いやがって……!!　その通りだよチクショウめ！

怒りの抗議に尻尾をびたんびたん海面に叩きつけてみる。こういうときに喜怒哀楽を表情に出せないのがもどかしい。怒りマークのアイコン連打だ！

『ラオシャン』では表情など解ろうはずもないので、スタンプのような表情アイコンを表示できる。

これらアイコンはカスタマイズも可能で、やろうと思えば素顔の写真を出したりもできるのだが、現在俺の顔付近に浮かんでいるのはデフォルトのそれ。吊《つ》り上《あ》げた目と青筋が浮かんでいるテンプレ的怒りマークだ。

ズドドドドドと連打される俺の怒りをまるっきり無視して青と妹が挨拶を交わし合う。あの、普段自分で空気に徹してるからって、空気扱いが好きなわけじゃないんだよ？

「へー、赤に妹さんがねぇ。どうも初めまして、ブルマン、青山春人です。お兄さんとは大学の同級生で仲良くしてもらってます」

「兄がいつもお世話になってます。妹のゆーみん、赤石優芽です。……あの、青山春人って、もしかして……モデルの？」

「知ってるんだ？　嬉しいなぁ。そう、モデルの青山春人だよ」

「雑誌とかでよく見ます！　私のクラスにもファンがいますよ！　スゴイ、本物だぁ……シャチだけど！」

きゃいきゃい喜ぶイルカと、嬉しそうに照れるシャチ。スゲーな、字面だけならピ○サーの映画みたいだ。絵面は三頭の種類が違う鯨の仲間が頭突っつき合わせているというシュールこの上ない場面なんだが。アイコン無かったらマジで意味わかんねぇよな。

妹の優芽は、この間誕生日のプレゼントとしてVRギアを父さんに買ってもらったのだ。

なんでも友達がやりだしたのに釣られたそうだが、『ラオシャン』もやってみたいということでソフトを貸してみたら割とイルカが馴染《なじ》んだようだ。今は自分でもソフトを買って、こうして遊んでいる。

当然？　フレンド登録をしようと言われたのでしておいた。たまに兄妹《きょうだい》二人でイルカジャンプするけどけっこう楽しい。

「で、何しに来たんだよ」

この妹がお兄ちゃん大好き！　一緒に遊ぼう！　なんて天地がひっくり返って海が蒸発してもありえん。俺が美少女女子高生にいきなり告白されるギャルゲ的展開の方がまだ可能性あるね。

「あ、そうそう。お兄ちゃん、『インフィニティ・レムナント』って知ってる？　なんかこう、ロボット組み立てて戦う感じのゲームなんだけど」

「知らん」

『インフィニティ・レムナント』……知らんなあ。

前時代のカスタマイズロボゲーなら、『アンリミテッド・アッセンブリ』、通称『UA』をやったけど。あれもキチ○イみたいな装備の多さのせいで、オンラインサービス終了時のランキング上位百人の機体がほぼ全て別物とかいうヤバいゲームだったな。

俺がやり始めたときはすでにオフライン限定でシナリオとＡＩ戦しかなかったけど、スゲーやり込んだ。コントローラーぶっ壊れたもんな。ランカー戦の動画とか参考にして機体組んだり、武器縛りでシナリオクリアとかやったわー。

「どうした青、ドン引きアイコン出して」

「いや、女の子の口からそのタイトルが出るなんて意外で……。あれ、一見《いちげん》さんお断り状態の機械オタクとロボオタクの巣窟だよ。アホみたいな頻度でアプデと仕様変更が繰り返されて、今全パーツの仕様を把握している人間なんて開発運営側にもいないって言われるほどの魔境になってる」

「『ＵＡ』の発展版みたいなもんか……？　聞いただけで脳味噌《のうみそ》がメルトダウンしそうだ。なんでお前もまたそんなゲームを？」

優芽はライトゲーマーだ。『ラオシャン』でもイルカくらいしかやらないし、操作もセミオート。実績解放を狙うわけでもなく、ただ単純につかの間の非日常を楽しんでいるだけ。ある意味一番ゲームを満喫しているタイプと言えるだろう。

そんな妹がガチガチのロボゲーに興味持つとは思えない。

「仲のいい友達がそれにハマって最近学校に来てないの。きーちゃんって子、お兄ちゃん覚えてない？　昔よく家に遊びに来てゲームしてた子」

「漠然と覚えてる」

顔は覚えてないが、きーちゃんて名前は覚えてる。妹が家に連れてきては俺とゲームしてたっけ。結構負けず嫌いで格ゲーとか熱くなってたような。そんな気がするようなしないような。

「その子、ご飯やお風呂以外部屋からも出てこなくなっちゃって、ご両親もちょっとこれはってなってるみたい。それで、私に様子を見てきてほしいって頼まれたんだけど……ダメ、聞く耳持たなかった」

ゲームの中にまで行って会話を試みるも、にべもなかったそうな。ちょっとヤバい感じのＶＲ中毒になりつつあるみたいだな。

『私に勝てたら話を聞く』なんて言ってるそうだし、これはもうアカンやつだな。沼にどっぷり胸元まで浸《つ》かってる。今は風呂と飯で部屋から出てるからまだ一歩踏みとどまってはいるが、完全な引きこもりまでそう時間は無いと見える。

「お兄ちゃんゲーム強いでしょ？　きーちゃんをどうにか話できる状態にできない？　その後は私が自分で説得するから、お願い！」

「お前がそこまで言うなら、様子を見るだけはするけど。初心者がガチではまり込んでるフリークに勝てるとは思わないぞ」

あの手のゲームは経験と慣れ、そして何より自分に合うかどうかだからなぁ。合わないやつは操作方法すらおぼつかないが、合えばとことん強くなれる。

画面越しにコントローラーで操作するタイプなら『UA』の経験を生かせると思うけど、フルダイブのロボゲーって操作どうなんだろ。

『『インフィニティ・レムナント』……『IR』ならちょっと触ったことある。ゼロからじゃあ厳しすぎるから、僕も協力するよ』

サラッと助けてくれる、イケメンムーブっすなぁ。でも齧《かじ》った程度でも経験者がいてくれるのはありがたい。ロボゲーは慣れるまでが大変だからな。生の声なり攻略サイトなり、先達のアドバイスは大事だ。

「青山さんまで、ありがとうございます……！　きーちゃん……黄崎貴理《きざきまり》ちゃんは、クチナシってプレイヤーネームです。国内ランキング二十一位なのですぐにわかると思います！」

ステイ。妹よ、今なんとおっしゃいましたか？　俺の聞き間違いじゃなければ国内ランキング二十一位と？

「はぁ!?　ちょいちょいちょいちょいちょい、その子ランカーかよ!?　待って待って、絶対勝てねぇって!!」

無理ムリむり!!　お前ランカーって言葉の重み知ってる？　国内ランキング二十一位って、現状でその子に勝てるやつが二十人しか日本にいないってことだぞ!?　そんなもん勝てるかボケ！

そりゃすぐわかるわ。下手したら最前線系の攻略サイトに名前乗ってるぞ、その子。マジかＪＫ怖ぇぇええええ!!

「これはほんとに様子見だけで終わりそうだね……」

青の発した、愛嬌《あいきょう》あるパンダカラーの体に似合わない渋いつぶやきが波乱を予感させた。


はい、てなわけでやってきました『インフィニティ・レムナント』通称ＩＲの世界。

見てくださいこの荒廃しきった世界。廃墟《はいきょ》が立ち並ぶ旧市街地で怪しげな工場やプラントがガンガン黒い煙吐き出してますね。いやー、大気汚染大気汚染。体に悪そうったらありゃしません。環境が死んだ世界で生きていくには地球を死体蹴りし続けるしかないというどん詰まりの体現っすな。

『ＩＲ』の世界観はロボゲーでよくある、行きすぎた戦争で世界がほとんど滅んだ世界。劣悪な環境で作業するために、前時代の遺物であるレムナントと呼ばれるロボットを掘り起こして使ってるわけだ。ほぼロストテクノロジーであるレムナントは新規機体が作られることは珍しく、その辺に散らばっているパーツをかき集めて修理して使ってるってわけね。

そんな、本来作業用ロボットであるレムナントが軍事転用されるのに時間はかからなかった。つーか、前時代に終焉《しゅうえん》を告げたのがそもそも大量殺戮《さつりく》用のロボットだったわけだし、当然っちゃ当然。レムナントはそれらを何とか動くようにしただけ。

さて、この世界におけるプレイヤーとはズバリ傭兵《ようへい》。武装レムナントで決闘の代理から施設破壊から何でもやるわけだ。昨日の敵が今日の味方だったり、その逆だったり。依頼内容と依頼主を選別することで特定のエンディングを迎えたりできるらしいが、さて。

一通りチュートリアルを終わらせ、パーソナルスペースへと送られてきたんだが、いやースゴイ。

ハンガーに初期機体として選んだ、全長十メートルほどでやや細身の人型レムナントが格納されているんだけど、ド迫力だなぁー。なんか意味もなくワクワクすっぞ。やっぱロボはロマンだわ。さっきまでこれに乗って置物相手に操作練習してたんだよなあ。

コクピットもやたらとボタンあったりトグルスイッチあったり、かと思えばタッチスクリーンあったりもうなんだこれ状態。しかもコクピット内も自由にカスタマイズできるそうですよ奥様。

「ここが俺のガレージ、俺のレムナントか。……で、普通に青も立ち入れるんだな」

「フレンド限定だけどね。パーツ盗んだりできないし。合意の上での譲渡や売買ならできるけど。それはそうと初期機体はフロンティアを選んだんだね。遠近揃った装備で中量級の人型、ザ・スタンダードって感じだよね」

右手にアサルトライフル、左手にはレーザーブレード。背中には翼のような形でブースターが一対生えていて、右腰にはやや小ぶりなハンドガン、左腰にはレーザーライフルがマウントしている。

絵に描いたような人型ロボットであるこのフロンティアは、初期機体として選べる四機のうちの一つ。とりあえず困ったら選んどけと言わんばかりの見た目だったので選んだ。四つ足のケンタウロスみたいなのと悩んだが、どうせ最終的にはカスタマイズされて影も形もなくなるだろうしどうでもいいかとなった次第だ。

「で、ここからどうすればいい？」

「とりあえず現時点じゃフレンドコードをリアルで教え合える人以外会えないし、アリーナまでシナリオ進めよう。そこまで行けばランカーの彼女とも接点持てると思う。それに試合に勝たないと話を聞く耳持たないみたいだし」

たしかに。友人の優芽が言ってダメなのに、ほぼ他人の俺らが話しかけても門前払いだろう。いきさつは事前に話すにしても、試合に勝たないと説得は無理臭いよな。

妹の頼みだからやるけど、引きこもり系女子高生に説得を試みるとか考えただけでも吐きそうなんだけど。説得自体は優芽がやるみたいだが、そこまでもっていくのに無言で挑戦状叩きつけるわけにもいかないし。

優芽も一日二日でどうにかなるとは思ってないみたいだし、俺たち側にも日常生活がある。まあ、明日から大型連休で一週間ほど暇だけど。

ひとまずはゲームに慣れて対人戦をしても恥ずかしくない程度にならなくては。少なくとも、イキリ初心者がランカーに喧嘩売ったくらいで済むくらいにはなりたい。相手してる側が「うわぁ……」ってなるほどの下手くそでは話しかけるのも恥ずかしいし。

「パーツ集めるのにもお金かかるし、アリーナ前に稼ぎミッションがあるから、そこを中心的に回ってカスタマイズの幅を広げよう。当然、シナリオを進めたりしないと強力なパーツは手に入らないしね」

青の言葉に頷く。

まあそりゃそうでしょう。初期装備がは○れメタルの剣の勇者がどこにいるってな。だんだん強くなっていくからゲームは楽しいんだ。買ったばかりのゲームに最初からチートコードぶっこむやつはそれもうゲーム楽しんでないから。そういう趣旨のゲームもないこともないけど。

つーわけでシナリオ進めまっしょい。青は一通りシナリオ終わらせているので、一足先にアリーナで情報収集してくれるそうな。いやなんかすいませんね、うちの妹が。

解散した俺たちは、それぞれ行動を開始した。目指すはアリーナ、対人戦の本拠地。うっ、持病の知らない人とコミュニケーションとりたくない病が発作を起こしそうだ……。

廃墟が立ち並ぶ荒れ果てた市街地。かつてはたくさんの車が走り、大勢の人間が忙《せわ》しなく行き来していたであろう道路に人影はない。

その誰もいない道路にズシン……ズシン……と重量物が道路を僅かに沈ませながら移動する音が聞こえる。

音の発生源は全長十メートルを超える巨大な人型のレムナント。右腕にはマシンガンと思われる銃を持ち、銃口を視線に合わせながら周囲を警戒しつつ、半壊したビルの森を進んでいる。

その歩みはまるで何かから隠れているかのよう。背部に存在を主張する推進器《ブースター》が火を噴くこともなく、牛歩の如《ごと》き遅々とした速度である。

メインカメラとレーダー及び各種センサーを搭載した頭部は周囲の音や熱源といった情報を集める重要な部分であるのだが、この機体はその頭部の右半分が吹き飛ばされている。

見ればボディのあちこちに銃撃の跡が残っており、左腕は肘から先がない。そのダメージと行動から、この機体が戦闘状態にあることはだれの目にも明らかだった。

建物の間を縫うようにして移動していたその機体が十字路に一歩踏み出した瞬間、高速で飛来した弾丸が胸部に直撃。胸部中心に位置するコクピットを撃ち抜かれることこそ無かったが、もともとダメージによってバランスが悪くなっていたボディが衝撃で大きく揺らぐ。

反射的に推進器を噴かそうとしたものの、二度三度とどこからか放たれた弾丸が両脚を撃ち抜いた。

自立することもままならなくなったレムナントはついに膝をつく。そして十秒ほどの沈黙の後、一条のレーザーが正確にコクピットを狙撃。数秒の沈黙の後、レムナントは爆発炎上した。

炎上するレムナントからかなりの距離を隔てた廃墟ビルの屋上。そこでは、四対の脚と人型の上半身を持つ、巨体を誇る人蜘蛛《アラクネ》形のレムナントが狙撃銃を構えていた。

その巨体と比較してなお大きいスナイパーライフルを左腕部に、右腕部で保持しているのは同じような大きさのレーザー式スナイパーライフル。

反動を抑えるために八足それぞれが床に打ち込んでいたパイルを引き抜く。屋上に八つの穴が新たに増えたが、いまさらそれをどうこう言う者はいないだろう。

ぐるり、と周囲を見回し、敵機の反応が無いことを確かめてから狙撃の構えを解き、移動の妨げになる二丁の大型狙撃銃を蜘蛛部分の背中に固定する。

あくまで移動の補助である最低限のブースターしかないため、ガションガションと音を立てながら八足のレムナントは垂直にビルの壁面を降りていく。速度はともかく、走破性は高いようだ。

武器も持たず黙々と高層ビルを降りるその姿は、撃破した相手には興味もないと言うかのようだった。


「ふぃー、勝った勝った。スナイパーは気ぃ張るわ。レーザーガンはともかく弾数少ねーからもう冷やっ冷や」

ＮＰＣとの戦いも終わり、リザルト画面で報酬と損害の差し引きを終えてガレージに戻った俺は大きく息を吐いた。

狙撃特化の機体を組んだんだが、やっぱ物理とエネルギーに属性あるからってスナイパーライフル二丁流なんてするもんじゃないな。重量や反動は全然余裕綽々《よゆうしゃくしゃく》なんだけど、なんかこう、ダメだわ。今回は勝てたけど、次はせめてミサイルぐらい積もう。

「やっほー。ってうわ、なにこれ八脚？　しかも円形の八脚じゃなくて胴体の形といいまんま蜘蛛じゃん。しかも装備がスナ二つだけって、積載重量《ペイロード》スカスカなんじゃないの？」

ガレージに現れた青が俺のレムナント『アラクネ伍号《ごごう》』を見て好き放題言いやがる。まあ、言ってることは間違ってないけど。

「たしかに、アラクネ伍号はちょっと攻めすぎた」

八脚は動かすためにかなりのエネルギーを食うが、それを生み出す大容量ジェネレータや冷却用ラジエータの分を差し引いてもかなり積載重量に余裕がある。今回はブースターを排していたから余計にエネルギー的にも余裕があった。これならレーザースナイパーじゃなくてレーザーカノンでもよかったな。

「しっかし始めてまだ二日なのに、もう八脚なんてゲテモノ作ってるとはね……。しかも伍号って」

やり始めると止まらねーんだよ。

ロボットはいいぞ、特に自分の身体《からだ》じゃなくて機械を操作するってとこがいい。『ラオシャン』も『スラクラ』も自分が動いてたけど、これはスイッチやボタン、スティックでロボを動かすからな。根本的なところが俺の慣れ親しんだ前時代式ゲームに似てるんだ。

ただパーツの多さはヤバい。まだシナリオ半分も進めてないのにもう所持パーツが千を軽く超えてる。そりゃカスタマイズの幅はインフィニティですわ。

このアラクネ伍号だって設計思想的には二脚×4で作ってるんだけど、それがまかり通るからなこのゲーム。縦横の大きさに制限はあるけど、それさえ守れば八脚だろうが三面六臂《さんめんろっぴ》の阿修羅《あしゅら》だろうがヘカトンケイル《百腕百頭》だろうが作れる。そこまで行くと操作追いつかないけど。

操作はコクピット内に対応するスイッチなりスティックなりを配置すればいい。ブレードの振り方なんかはあらかじめプリセットされているけどマニュアルにしたりもできる。クッソむずいけどな、ブレードのマニュアル操作。ブレード専用のコントローラーなんてパーツがあるくらいだし。

おかげで俺好みのボタン配置にできたりするわけだ。いまいちフットペダルというものに慣れないけど、これの解決法もあると言えばある。

「レムナントの組み方も奥が深い。今はプリセットパーツで組んでるけど、そのうちハンドメイドで組んでみたいな」

「フルでやるとエネルギー供給がうまくいかなかったり排熱不良が起こったりするから気を付けてね」

ゲーム内のレムナント製造会社が販売している腕部、脚部、推進器といったすでに形になっているプリセットパーツで組み上げることもできるが、それらを分解して得られるピストンやヒンジといったもっともっと細かな単位パーツを使ってハンドメイドすることで、完全なワンオフ機を組み上げることもできる。

プリセットパーツによるアッセンブルでは、頭部、胸部、腕部、脚部、推進器、ジェネレータ、ラジエータ、管制ＯＳ、武器、その他の計十種のパーツから選んで組み合わせるが、全種類から一つずつとかいう制約はない。腕が無くてもいいし、アラクネ伍号のように足を四対にしてもいい。ただし、コクピットのある胸部とエネルギー供給用のジェネレータ、あと管制ＯＳは必須である。

ハンドメイドに対する利点としては、比較的簡単に組み上げられることとパーツ単位での動作不良が起きないこと。ジェネレータの供給が間に合わなくて動かないとかはあるけど、モーターやヒンジの方向を間違えて関節が曲がらない、とかは無い。

ハンドメイドは手間暇と幾度もの失敗を重ねたうえで、文字通り自分だけのレムナントを作ることができる。割とリアル機械知識が必要だったりするが、既製品とは一風変わったトンデモ機体や、痒《かゆ》いところに手が届くパーツの自作ができる。例えばいわゆる変形ロボットを作るためにはパーツを組み合わせて変形機構を自作しなくてはならない。

最も大きな利点として、一目では内部構造などがわからないため対人戦で情報が抜かれにくいということだろう。ランキング上位陣は大部分をハンドメイドパーツで組んでいたりフルスクラッチしていたりするので、強い機体だからと言っておいそれとコピーすることはできない。使用者が設計図を公開しているなら別だが。

現在の『ＩＲ』環境は、プリセットパーツで大まかに作ってから、どうしても気になるところをハンドメイドするハイブリッドタイプが主流のようだ。それで十分楽しめるし、あまりに深みにハマると抜け出せなくなる。

「ところで、妹さんのお友達……クチナシってプレイヤーだけど、アリーナで見かけたよ。やっぱりかなりの時間入り浸ってるみたいだね、大抵どんな時間に行ってもいたよ」

「どんな感じだった？」

むっつり黙々とひたすら対戦しているようなプレイスタイルだと、俺のコミュ力云々以前に話しかけづらい。俺が言うのもなんだが、ゲームの中でくらいまともに会話できる人であってほしい。

「あー、うん……。それなんだけど……なんて言えばいいのか、……典型的なアレな感じの子だった。見てるこっちが居たたまれないやつ」

「それは死にそうな顔でひたすら無感情に対戦してる方か、それとも調子乗ってイキりまくってる方か？」

「『ランキング二百位とか本気ですか？　せめて二桁じゃないと試合にならないんですけど。あなたに勝ってもランキングの変動も起きませんし、これじゃCPU相手のトレーニングと変わりませんね。新武器の試し撃ちでもしますか』みたいな……」

「Oh……」

アカン、もう完全にダメなやつじゃん。「二百位にこんなこと言える私、最高に強くてカッコいいでしょ？」感があふれ出てる。いや二十一位なんだから別に間違いじゃないんだろうけど、対戦相手に向かってわざわざ口に出して言うセリフじゃない。

これは言葉が足りないタイプの俺とは違う、一言多いんだよタイプのコミュ障に成長してしまうかもしれない。今はそういう自分に酔っているだけの半分演技なのだろうが、そのうちそれが素になる。そうなればもう手遅れ、立派なイタい人の出来上がりだ。

友達が友達でいてくれるうちに何とかしないと、どんどんドツボに嵌《は》まっていくだろう。なるべく早いうちにコンタクトをとった方がいいかもしれない。

「そうそう、彼女のランカー戦のリプレイを撮ってきたんだ。えっと……あった、これこれ」

マジかぁ……と頭を抱えていた俺に向かって、青がインターフェースを開いて動画を映し出す。

『ＩＲ』は１対１もチーム戦も、対人戦が盛んなのでその観戦やリプレイの閲覧がインターフェースでできるのだ。

ホログラムのように空中に映し出されたモニターの中、二機のレムナントが現れる。

左半分に映っているのが対戦相手のプレイヤー、ランキング四十三位『サバンナソウル』のレムナント『ビーストキング』。獅子《しし》をモチーフにしたブラウンカラーの四脚動物型レムナントで当然腕部は無い。

背負った大型グレネードキャノンと脚部つま先のクロー以外に目立った装備は無いが、どうせなにか仕込んでいるのだろう。

対して右画面に映っているのはオーソドックスなタイプの人型レムナント。俺たちが接触を試みようとしているランキング二十一位『クチナシ』の『デンジャーゾーン』だ。その名の通り黄色と黒のストライプでカラーリングされていて、どことなく蜂を想起させる。

武装は右手に実弾のアサルトライフル、左手にレーザーアサルトライフル。腰には二丁のハンドガンがマウントされている。推進器は大きめのものとやや小さめのものが一対ずつ、上下に並んで背部に取り付けられている。

使いやすそうではあるが総火力的にはどうなんだろう。どこかにブレードでも仕込んでいるのだろうか。

戦いの場である廃墟となった市街地に降り立った二機は、さっそく行動を開始する。狙撃型が一方的に有利にならないような近すぎず遠すぎない初期位置から、互いが推進器《ブースター》を吹かして接近していく。

ビーストキングの推進器は浮遊や飛行よりも瞬発力とジャンプ力に重きを置いているようで、廃墟に乱立するビルを三角飛びの要領で次々と飛び移りながら立体的な加速と移動を行う。脚部の衝撃吸収性能もさることながら、これほど複雑な操作を当然のように行うあたりさすがはランカーである。

デンジャーゾーンはというと、二対の推進器のうち大型の方を使ってホバー移動しながら、曲がるときには小型推進器を吹かしてバランスの制御をとっている。スピードはそこまででもないが、一切立ち止まることなくスルスルと建物の間を縫って動くその姿からは自機の操縦性を知り尽くしていることがよくわかる。

口火を切ったのはビーストキング。ビルの屋上まで登り、先に敵機の位置を捕捉した。前足をたたみ尻を上げるような姿勢で背中のグレネードキャノンを構えて発射。デンジャーゾーンはこれの直撃を躱《かわ》すも、大口径のキャノンから放たれた大型グレネード弾は着弾とともに爆発。爆風がデンジャーゾーンの装甲をかなり削った。

この爆撃によって位置が割れたビーストキングはより背の低いビルへと飛び移りながら、格闘戦へと移行する。四脚から得られる瞬発力を余すことなくあっという間に肉薄すると、やはり仕込んでいたレーザーブレードを胴体右側から発振させすれ違いざまに切り裂こうとするも、一瞬だけ全ブースターを解放したデンジャーゾーンがこれを回避。両手に持ったアサルトライフルから実弾とレーザーが入り交じった絶え間ない銃撃が始まる。

その大きさから構え無しでは撃てないグレネードキャノンがデッドウエイトになっているだろうに、ビーストキングは格闘戦を挑み続ける。それというのも獅子の鬣《たてがみ》のような部分はシールドの役目を持っているようで、正面から挑み続ける限りその陰に隠れている機関部を撃ち抜くことは難しいからだろう。特に一撃よりも手数で削るタイプのデンジャーゾーンならなおさらである。

デンジャーゾーンもそれをわかっているのか、ビーストキングの側面に回りこもうとするも地形が悪い。優れたジャンプ力によってビルを飛び移る獅子をなかなか捉えることができないでいる。

ビーストキングがデンジャーゾーンを翻弄しているようにしか見えないこの構図、しかし見ようによってはどっこいどっこいどころかデンジャーゾーンの有利であるともとれる。

ほかに隠し球が無ければ、ビーストキングは脚部のクローと胴体左右に取り付けられたレーザーブレードのみで、これらは全て一瞬の動きで避けられている。対してデンジャーゾーンからの射撃を回避するため、ビーストキングはビルを飛び回るという、いつミスをしてもおかしくない動作を要求され続ける。

プレイヤーの集中力というリソースの削り合いは目に見えないが、個人的にはデンジャーゾーンの方が落ち着いた操作をしているように思える。

廃墟の市街地というステージ、はたして狩人《かりゅうど》であるのは獅子か蜂か。

爪牙《そうが》とレーザーブレードが肉薄してはデンジャーゾーンがするりと躱し、乱れ撃たれる弾丸は建物を足場に飛び回るビーストキングに決定打を与えられない。

目まぐるしく立ち位置が移り変わり、何度も二機が交差する。しかし互いの武器は掠りこそすれど決定的なものにはならない。そんな膠着《こうちゃく》した戦闘は、一瞬の出来事で大きく動いた。

デンジャーゾーンが右手に持つ実弾タイプのアサルトライフルがついに弾切れになった。素早く投げ捨て腰のハンドガンに手を伸ばすが、百獣の王である獅子はこれを逃さない。

多少の被弾は覚悟のうえで全推進器を解放、瞬間的に加速すると大顎を開けてデンジャーゾーンへと喰らいつく。

だが、釣られたのはビーストキングの方であった。危険領域というその名が示すように、安易な接触は大怪我《おおけが》へと繋がる。

獅子の顎が蜂の腕を喰いちぎらんとしたその瞬間、デンジャーゾーンは左手のレーザーアサルトライフルをビーストキングの目の前へとトスするように軽く投げ、本体は回転するようにして横へと回避運動を取る。

アサルトライフル、それも実弾タイプよりも大型になりやすいレーザータイプの長さは一般的なレムナントの全長に匹敵する。それを虚を衝かれる形で目の前に投げられたビーストキングは、もはや止まることもできない速度であって反射的にその銃身に噛みついてしまう。

ビーストキングが晒《さら》したその大きな隙はあまりにも致命的だった。

今まで鬣を盾にして直撃弾を防いでいた胴体部はがら空きとなり、とっさにブレーキをかけてしまったことで加速は殺され慣性を抑えるために脚部の膂力《りょりょく》は割かれている。

まさに死に体となった無防備な姿に、デンジャーゾーンは容赦をしない。両腕の肘からレーザーブレードを発振すると躊躇《ちゅうちょ》なく右胴体部を切り裂き、突き刺していく。超高熱の刃が装甲を溶断し、内部機関に深刻なダメージを与えていく。この場所に設置されていたビーストキングのレーザーブレードは、一連の猛攻でもはや使い物にならないだろう。

ブーストを小刻みに吹かしまるで舞うように斬撃を繰り返すデンジャーゾーンに、ビーストキングは離脱のために全力で跳ねて何とか距離を取ろうとする。

切り裂かれた胴体部からは煙が立ち上り、配線がショートして火花が起こる。甚大なダメージを負ってしまったビーストキングはすぐさま背のグレネードキャノンをパージ。機関部に損傷を負ってエネルギー供給率が低下した今、一撃必殺の主砲はただのお荷物に過ぎない。

デンジャーゾーンは両手にハンドガンを構え、ジリジリと距離を詰めていく。

緊急離脱のために全力を使ったにもかかわらず、ビーストキングはそこまで距離を離せていない。おそらく推進器に回せるエネルギーも足りていないのだろう。

主砲すらパージした今、逃げられ遠距離戦になる可能性はないと判断し、カウンターを食らうことだけを警戒してゆっくりと追いつめる。狩りは、獲物に止めを刺す瞬間こそが最も危険であるとでもいうかのように。

もはや瀕死《ひんし》一歩手前となったビーストキング側は、盾となる鬣をデンジャーゾーンへと向けて半壊した機関部を守る傍ら、いつでも飛びかかれるように後ろ脚を溜《た》めている。

先ほどは完全にしてやられたが、大型クローと金属を簡単に噛《か》み砕《くだ》く顎は一撃の重さが半端ではない。仕留め損なえば手痛い反撃どころか、そのまま全壊まで持っていけるポテンシャルはまだ残されている。

先ほどまでの高速格闘戦はどこへやら、西部劇の決闘よろしく互いにタイミングを計り合う二機。

制限時間が残り一分を切ったアラームが鳴ったとき、両者は同時に動いた。

推進器を全開にしたデンジャーゾーンと最後の力を振り絞り飛びかかるビーストキングが正面からぶつかろうとしたそのとき、大顎を限界まで開いたビーストキングの口腔《こうこう》内からプラズマキャノンが発射された。

最後まで隠されていたとっておきの切り札。完全に虚を衝いたであろうこの不意打ちは、しかしこともなげに回避されてしまう。

なぜ、と動揺するプレイヤーの気持ちが出たのか、それとも限界が来たのか。ビーストキングの動きは乱れ、デンジャーゾーンはそれを見逃すほど甘くない。

右肘から伸びたレーザーブレードが半壊した胴体部の傷に深く深く突き立てられ、ついに限界に達したビーストキングは内部から爆発。

炎上しながら崩れ落ちた獅子は、もう起き上がることは無かった。

「これ、中身が女子高生って冗談だよな？」

「……国内ランキング二十一位が二人いて、その両方がクチナシっていうプレイヤーネームっていう可能性……ないよねぇ」

はぁー、と二人で大きなため息をつく。

強い。ランカーと言えど、どこかで所詮は女子高生と舐めていた。なんだアレ、ランキング的にはそりゃ格下だろうが、それでも終わってみたらほとんど完封試合じゃねーか。

開幕の合図となったグレネードキャノンの一撃はたしかにそれなりの打撃になったが、問題はその後。互角の格闘戦を繰り広げているようでいて、結局最後までダメージらしいダメージを負うことは無かった。

全ての攻撃を推進器のオンオフによる急制動と急加速で巧みに回避し、相手にはビルの三角飛びとかいう曲芸を押し付け集中力を削る。そして弾切れという最大の隙をこれ見よがしに見せつけて相手を釣った。

その結果、ホイホイ釣られた相手は胴体をメッタ切りにされて機関部に大ダメージ。起死回生の不意打ちも完全に読まれていてあえなくノックアウト。


ビーストキングのコンセプトは悪くなかった。

本体は瞬発力とパワーに優れ、武装もそのほとんどが高火力。鬣の防御力も高く、実際デンジャーゾーンの銃撃は正面からに限りほとんど弾《はじ》かれていた。ヒット&アウェイで一瞬の隙に必殺の一撃を叩き込むというのは基本に忠実でいい戦法だった。

そんなビーストキングの敗因はズバリプレイヤーの焦り。なかなか決め手を与えられないために知らず知らずのうちに気持ちが逸《はや》ってしまったのだろう。冷静に考えれば、ほとんどダメージを受けていない豆鉄砲の弾切れ程度で無理に突っ込む必要なんてなかったのだ。

まあ、デンジャーゾーンはデンジャーゾーンで何度も肉薄されていながら、本当にここぞというときまでレーザーブレードを隠していたので釣られてもしかたないかもしれない。

最後に躱された奥の手のプラズマキャノンだが、アレは多分戦闘中に見えていたんだろう。格闘戦の最中に何度も噛みつこうと大口開けていたし。それに、腕という武器の照準を合わせるためのいわば可動式台座がない四脚動物型では、命中精度を考えると銃器を仕込むなら背中と腹、それと口の中となるだろう。俺だってビーストキングのようなレムナントを組んだら絶対に何か口の中に仕込むもん。

「クチナシの強さってミスをしないことか」

「最初のグレキャも直撃は避けてるし、その後もあれだけ白兵戦に振ったレムナント相手に一撃ももらってないし。なんていうか、追い込んで狩りしてるみたいだったよね」

ロボゲーでありがちな機体のスペックに振り回されて操作ミスなんてのも一切なかったし、回避動作も必要なだけ動いてカウンターも確実に決めていた。詰まるところクチナシは自分のレムナントのスペックを理解しきっており、相手がミスをするまで淡々と追いつめるタイプだ。

手の届く範囲なら確実な動作ができる、とでも言えばいいのだろうか。スペック上対応できるのなら実際に対応してくるような感じがする。

「勝てそう?」

「普通にやったら無理だろ。ダメもとでコミュ力頼みのリアル説得した方がまだ可能性ありそう」

「ですよねー……。ほんとにワンチャン狙いでコンタクト取ってみる?」

それもありかもしれない。友達である優芽が駄目だったというから諦めていたけど、もしかしたら案外話くらいは聞いてくれるかも。

しょーーーじき、妹の友達が引きこもりになろうが中二病になろうが知ったこっちゃないと言えばそれまでなんだけど、まあ、妹の頼みだしね。こんな兄を頼ってくるほど行き詰まってるなら、普段迷惑かけてる分お返ししたいよね、と。


そんなわけで、アリーナでクチナシを探すことにする。だいたい何時でもいるみたいだし、こちらの現状も説明しておきたいので顔見せ程度にね。あわよくばそのまま優芽と話し合ってくれればそれが最高。

ゲームの中にまでリアルの人間関係を持ち込むのはいやなんだけどなぁ、絶対話こじれるでしょ……。

アリーナ。それは対人戦の舞台。我こそは最強であるという自己顕示欲の塊が集まる場所……というだけではなく、ストーリーでもたびたび来なければならない場所でもある。まあ、その場合戦うのはストーリー内のＮＰＣなんだけど。

もともとは空港か何かだったらしい設定のアリーナでは、フリー大戦やランキング戦が昼夜を問わず行われている。個人戦だけでなく、５対５のチーム戦もあるようで、そちらはそちらで別のランキングになっているそうだ。

行われている試合はリアルタイムで観戦することもできる。特に上位ランカー同士の戦いともなれば観戦者数は軽く千を超え、中には固定ファンがついてアイドルのようになっている有名プレイヤーもいるそうな。

「あー、人多すぎて酔いそう」

「そこまでかなあ。立ってる人がいない電車くらいの人口密度しかないけど」

『スラクラ』のときはひたすらインターフェースを眺めることで事なきを得たが、今回は人を探して会話までしなくてはならない。なんだそれは拷問か？　当たって砕けろでナンパするチャラ男ってどんな精神構造してるんだろうな、そのチャレンジ精神に超マジリスペクトっすよ。

事前に青が調べていてくれたおかげで、クチナシがどんなアバターを使っているのかはわかっている。まあ、予想通りと言うかなんと言うか。こう、クールビューティー目指しました感のあるぱっつんショートの超美少女だった。これがデフォルトならスゲーけど。

ちなみに俺と青はほぼデフォルト。自他ともに認めるパッとしない顔の俺は置いといて、そこそこ売れてるモデルの青はデフォルトでいいのだろうか。

「顔？　ああ、別にばれても構わないよ。それに有名人やゲームキャラの顔を真似てアバター作るのは珍しいことじゃないし。この人この間ゲームにいたような……って感じでちょっとでも顔が売れれば儲《もう》けものだしね」

はーん、なるほど。親父や祖父ちゃんの世代はいろいろと偏見もあったらしいけど、今じゃあVRゲームは一種のスポーツだしな。トップクラスのプロゲーマーはマジで一流アスリートと遜色ない扱いだし、むしろVRギアとネット環境さえあればどこでも試合ができるプロゲーマーはTV番組なんかでもよく見る。

メディアへの露出が増えたおかげでイケメンと美人が多くなったなぁ……と親父がしみじみと言ってたっけ。

っと、何しに来たのか忘れそうになってた。クチナシはどこだ。多分ランキング個人戦のロビーにいるはずなんだけど。

キョロキョロと青と二人でそれらしいところを探していると、割とあっさり見つけることができた。今まさに対戦を終えたようで、戦場からの帰還者用の通路から出てくるとそのまま仏頂面でロビーのベンチに座った。

「チャンスじゃん、行ってきなよ」

「いまさらだけどめっちゃ帰りたい。なあ青、考えてみてくれ。中二病患者の女子高生にコミュ障の大学生で話し合いになると思うか？」

「思わないけど、少なからず接点がある赤とは違って僕は完全な他人だから。一緒にいてあげるけど僕の方に話振らないでよ？　『モデルの青山春人、ゲーム内で女子高生をナンパ』とかＳＮＳに上げられたら死活問題だから」

ですよねー。はあ、もうどうにでもなれ。俺と優芽の関係を言って、対戦まで持っていければ勝とうが敗けようがあとは知らね。やってやれないことはないかもしれないけど、ランカーに勝てる自信はないわ。

そもそも十年くらい前にはよく遊んでたんだから完全な他人ではない。大丈夫大丈夫、いけるいける。俺ならやれる大丈夫。そうだ信吾、脳内シミュレートだ。挨拶→優芽が心配してる→対戦で勝ったら話聞いてあげて→対戦→終了。完璧じゃないか。

意を決してクチナシに近づき、声をかける。当然、何かあったときには無茶振りする気マンマンで青を連れていくのを忘れない。

ベンチに座り、インターフェースを操作している彼女に、精いっぱいの人当たりよさそうなさりげない笑顔を向ける。がんばれ俺の表情筋、クジラに戻りたがらないで。

「あ、あのー……クチナシさん、ですか？」

「なんですか、それがどうしましたか」

凄い怪しいものを見る目で邪険な感じの返答をされた。

あ、やっべ。第一声がそれがどうしたとか、メンタルブレイクされそう。

いやいや、見知らぬ人とは言えいきなりなんでそんな警戒レベルマックスなの。俺ちゃん寡黙でおとなしい超一般ピーポーよ？

「端的に言って顔が気持ち悪い。普段の無表情の方がまだ百倍マシだよ。なに？　笑顔はもともと威嚇行為だったって言いたいの？」

隣に立っている青から小さな声でとてもとても辛辣なお言葉を頂戴する。個人的には朝のおはようテレビのアナウンサーを目指した爽やかスマイルだったはずなんだけど……。

どうやら俺のアバターの表情筋は死んでいるらしい。これは運営に言えば直るのかな？

「あの、本当に何なんですか？　用がないなら近寄らないでください」

少し落ち込んでいるうちにクチナシの警戒度がバリバリ上がっていく。アメリカを舞台にしたクライムアクションゲームなら手配レベルマックスに近い。そろそろ武装ヘリが飛んでくるかもな？

マジで通報されても困るので、どうにか警戒を解いてもらいたい。手っ取り早く優芽の名前を出そう。

「きーちゃん、といった方がいいか。まて、怪しいものじゃない。赤石優芽の兄です。優芽に頼まれて君を見に来た」

それでいいんだよ、五十五点。と青の評価はやや厳しい。ええわい、単位は出てるもんね！

いきなりリアルのあだ名で呼ばれたクチナシは一瞬これ以上ないほどに不審な目をこちらに向けてきたが、優芽の名前を出すことで事なきを得た。あぶねえ、マジでGMコールされるかと思った。

「あーちゃんのお兄さんですか、お久しぶりですね。……しかし、放っておいてと言ったのにお兄さんまで巻き込んで何がしたいんでしょうか」

やれやれ、と芝居がかったように肩をすくめて見せるクチナシにVR空間だというのになぜか胃が痛くなってくる。やめてくれよそのクールな強キャラのムーブ。見てるだけでこっちが恥ずかしくなる。

絶対この子優芽以外に友達いないだろ。言葉は悪いけどむしろなんでこんなのと友達なんだ妹よ。あ？　お前がそんなこと言える義理かって？　心の中なら何言っても罪には問われねーんだよ。

「ああ、うん。対戦で勝ったら妹の話を聞いてくれるんだろ？」

「はあ。そんなことも言いましたね。それで、お兄さんが代理で戦うってことですか？」

「俺もこの間やり始めたばかりだから勝てるとは思わない。やるだけやってくれ、それで優芽も納得する」

ストーリーも全クリしていないルーキーがランカーに勝てるか。優芽には悪いが、人生どうにもならないこともあるし、話が通じない人間もいるということを勉強してくれ。

自分から負けようとも思わないけど、だからと言って現状で勝ち目はほとんどない。特にミスなく追い込むタイプのクチナシは、その性質上格下に滅法強いはずだ。弱者が強者に勝つには油断を誘うかミスに付け込むしかないが、それがないのだから。

ちゃっちゃと終わらせよう。

そう、思っていたのだが。

「ランキングにも載っていない人と戦うのは時間の無駄ですけど、それであの鬱陶しい付《つ》き纏《まと》いがなくなるなら、まあいいでしょう。正直もううんざりしてましたし。学校に行こうだの、い、い、いてるだの、くだらない。私は私の才能を生かしているだけなのに」

「……対戦は三日後でいいか。まだ始めたばかりで納得いくレムナントが組めてなくてな、さすがに適当に負けるのは優芽に悪いから準備がしたい。それまでは付き纏わないように言っておく」

なにか青が驚いているようだがその言葉は俺に届かない。

ふうん、と見下す態度を隠そうともしないクチナシは、さも興味はありませんよとでも言いたげな風にこちらを見上げる。

「別に構いませんが、お兄さんも無駄な時間を積み上げる趣味があるんですか？　こういうのはさっさと終わらせておくべきだと思いますけど」

「そう言わずに。三日後なら土曜日で優芽もいる。あいつの目の前で勝敗を決めれば食い下がることもないだろ？　こういうのはきっぱりと見せつけてやらなきゃな」

おそらく、そのときの俺はとてもいい笑顔をしていただろう。これ以上なく爽やかな、好青年この上ない笑顔。

まるで、妹の願いが叶《かな》わないことが楽しくてしょうがないとでもいうかのよう。そんな風に、クチナシには見えたのだろう。

「へぇ……。お兄さんもなかなか酷《ひど》い人ですね」

「そうかな？　そうかもな。でもそれでいいといったのは俺じゃないから。俺は自分にできることを全力でやるだけ」

それじゃあ、三日後の午後二時にここで。それだけ言い残し、俺はアリーナから出てガレージへと戻った。

「……怒ってるの？」

マイガレージに着いてから黙々とレムナントのアッセンブルに着手した俺に、青が恐る恐るといった体で話しかけてくる。

「俺は家族が好きだ」

膨大な量のパーツのパラメータをチェックしながら、手元のメモ用インターフェースに目ぼしいものをチェックしていく。並行して映し出されているリプレイ動画には、ランキング三十位以上の戦いが四画面同時に映し出されており、その全てがクチナシの対戦動画だ。

「古臭い前時代のゲームばっかりやってたからだろうな。中学に入学してすぐの頃、いろんなやつに言われたよ。『お前が何の話してるのかわからない』『それの何が楽しいのかわからない』って。それからかな、他人としゃべるのがいやになったのは。どうせ何もわかってもらえないならしゃべる必要ないからって」

『ＩＲ』では自分が持っていないパーツでも仮組みまではできるのがいいところだ。当然、それは現時点で入手可能なものに限られていて隠しパーツなんかは選べないのだが。

「ロクに友達も作らず、今では対人恐怖症レベルで人と話すのが苦手になった情けない俺を、それでも家族だけは邪険にすることなく接してくれる。俺も、家族になら素直に話すことができる。ああそうさ、俺は両親も妹も大好きだ」

クソ、このパーツはまだ持ってないぞ、後で入手法を調べとかないと。……いや、ハンドメイドで再現できるか？

三日でどれくらいハンドメイドできるようになれるだろうか。そのあたりの解説も見たいな。

「だから、家族をくだらないとかどうでもいいとか言うやつを見ると無性に腹が立つ。特に養ってもらってる身分で知ったような口ぶりをしているやつはな。誰のおかげで苦労せずに飯食ってゲームできると思ってんだ」

どんな分野であれ、立派な成績を残せるのは凄いことだと思う。女子高生がクソ複雑なロボットゲームで最上位ランカーだろ？　正直脱帽もんだわ。

でも、それは家族や友達の心配を振り切ってでもやらなきゃいけないことなのか？　高校は不登校になれば留年からの中退まであるんだぞ。人生棒に振ってまで固執することか？

ゲームとリアルは違う。それで飯食っていけるならともかく、遊びや趣味のうちは分別をつけなきゃいけない。

「ダメ人間の先輩として教えてやらなきゃな。何があったか知らないけど、いつまでも逃げてばかりじゃいられないって」

ゲームには終わりがある。サービス終了という無慈悲な終わりが。かつての賑《にぎ》わいが無くなり、ストーリーモードとNPC戦しかできなくなる日がきっとくる。そんなゲームばかり俺はやっていたから、よくわかる。楽しいストーリーが終わり、AIと戦って腕を磨いても、誰とも話題を共有できなくなる日が来るんだ。

そのうち強制的に首根っこを掴まれる日が来る。俺の場合は数年後に来る就活だったりな。そのときに頼れるのはロボットの操縦テクでも、対人戦ランキングでもない。プロゲーマーだって自分の好きなゲームばかりできるわけじゃないし。

「要するに、浸りきってる痛い子にちょっと現実見せてやるのさ。お前なんてこの程度だってな」

「今日の赤はよくしゃべる……勝てる自信があるんだね？」

青の問いに俺は作業の手を止めることなく頷く。

ゲームで絶対に勝てない敵というのは存在する。ストーリー上の負けイベントだったり、悪質なバグだったり。

だが、こと対人戦ならそんな存在はいない。人である以上精神状態や体調で発揮できるパフォーマンスは大きく変わるし、何より対人戦にはメタゲームというものが勝敗を大きく左右する。

例えば威力も高くて使い勝手も良好で、それを使わない理由がない武器があるとする。すると当然、多くのプレイヤーはその武器を使う。十人中八人がその武器を担いで戦うわけだ。

そうなると普通のプレイヤーならこう考える。『あの武器を対策しないとマズイ』と。その武器が実弾タイプであれば実弾防御の高いボディパーツを積極的に採用したりな。

すると今度は環境に実弾耐性の高いレムナントばかりが溢《あふ》れかえるので、そこでレーザー武器をメインに据えれば……。

といった具合に、相手が使ってくるであろう装備や戦略に対して対抗策を練ることを俗に『メタを張る』という。難しく考えなくても、日常から無意識にやってることだ。じゃんけんでグーばっかり出してくる癖があるやつには誰だってパーを出す。それがちょっと複雑になっただけ。

「つまり、対デンジャーゾーン専用機を作るってこと？」

「そういうこと。そこで問題なのが相手のバトルスタイル。デンジャーゾーンはアサルトライフルで中距離、ハンドガンと肘のレーザーブレードで近距離にそつなく対応できる万能機なわけだが、どう対策取ればいい？」

以前見たビーストキング戦を見ればわかるが、クチナシの操縦技術は間違いなくトップクラス。

ほぼ格闘特化機と言っていいビーストキング相手に完封勝利したほどだ。

武装的に見ても実弾とレーザーをバランスよく採用していて対策が取りづらい。採用しているパーツから大まかに逆算すると、機動力に振っているのか若干装甲は薄いが属性的な偏りはない。絵に描いたような万能機にプレイヤーはトップクラス。メタゲームを張るのにこれ以上ないほど面倒な相手だ。

「うーん、僕なら狙撃かな。近づかれるとどうしようもないから相手のレンジ外から撃ち抜く」

「普通はそう考えるよな。でもそりゃ無理だ」

リプレイ動画を映しているインターフェースを指で示す。それを見ていれば理由は自《おの》ずとわかるだろう。

それは狙撃特化機とデンジャーゾーンの対戦リプレイ。高所を陣取った狙撃型が離れた距離のデンジャーゾーンに向けてスナイプを敢行しているところだ。

「何これ……狙撃を全部避けてる」

「多分、センサー類を対狙撃型に特化してるんだろう、めちゃくちゃ感知範囲が広いぞ」

むしろお前が狙撃する方なんじゃないのかというくらい、デンジャーゾーンの感知能力は高い。それでいて操縦者がハイレベルなもんだから、ロックオンアラートが鳴ったらひょいひょい避ける。

結局、相手の狙撃型は弾を撃ち尽くした後は悠々と接近してくるデンジャーゾーンから逃げきれずにハチの巣にされた。

「そもそも動き回るデンジャーゾーンに対して狙撃するのは難しい。ランカーでこれなんだから、俺がやればもっと酷いことになる」

「じゃあどうするんだよ？　まぐれ当たりに賭けるの？」

「メタゲームは武装だけじゃない、戦法も大事だ。クチナシはデンジャーゾーンのスペックで捉えられる相手には滅法強い。だけどあいつの武装、基本的に火力が低いだろ？　追い込んで詰めることが得意でも、逆にピンチを一撃でひっくり返せる手段がないんだ」

先ほどから流しているリプレイを見ていてわかる。特に十位以上の本物のバケモノたちと戦っているときのクチナシは、ほぼ何もできずに完敗している。自分の操縦テクで追いつけない相手に一回詰められると、まぐれ狙いでも勝つ方法がない。

まあ、まぐれ狙いの武装なんてこのレベルになればただのデッドウエイトなんだろうけど、逆転の切り札がないと劣勢を押し返すのって難しいからな。

総括すると、デンジャーゾーンに正面から勝つには単純にあれを上回るスペックもしくは頂点ランカーレベルの操縦テクがいる。だが俺が今からどれだけ練習しようと時間がまるで足りない。

そうなると、俺が作るレムナントに求められているのはデンジャーゾーンを圧倒する何かか、と、気付いたところでどうしようもない戦法。

「さぁて、二十一位ちゃんは対応できるかな？」

今まで幾多のゲームでそれをされてきた俺だ、目途は立っている。

そのために必要なパーツの入手とこのゲームにおけるルールや物理の検証、たっぷり付き合ってもらうぜ青ぉ？


「時間通りですね。準備はいいんですか？」

「ああ。今の俺にはこれが限界」

土曜午後二時。クチナシとの時間ぴったりにアリーナに行くと、向こうは先に来て待っていた。

立会人として青と優芽がついてきており、双方が後でしらばっくれないようにリプレイを確実に録画していてもらう手はずになっている。まあ、こちらが連れてきた立会人なんて信用できないだろうから、クチナシの方も自前で録画するだろうけどな。

「きーちゃん……」

「話を聞くのは万が一にもお兄さんが勝ったらの約束じゃなかった？」

にべもなく突き放される妹の姿に感情が動きそうになるが、ここは堪《こら》える。ただでさえ相手は最上位にいるトップランカー。こちらがミスするようでは勝てない。

つーか万が一にもって、自分が負けるとはこれっぽっちも思ってねぇな？　普通に考えたらそうだけど、一度も戦ったことの無い相手によく言えるもんだ。

「個人戦で一回勝負、こちらが勝てば素直に優芽の話を聞く。そちらが勝てばもう干渉はしない。

それでいいな?」

「ええ。では早く終わらせましょう、ランキング戦に戻りたいので」

舐めきってるな。そちらの方が俺としては大いにありがたい。つけ入る隙は多いに越したことはないからな。

フリー対戦の申し込みをしていると、心配したような顔の優芽が俺の袖を引いた。

「お兄ちゃん……えっと、負けちゃっても……いたいっ! 何するのよ!?」

歯切れの悪い妹にデコピン。お前はそんなキャラじゃねぇだろ。

やれやれ、と首を振って優芽のほっぺたをぶにゅっと片手で軽くつぶす。おーおー、変な顔。

「あのな、負けてもいいんならそもそもこんなことさせるな。それに、知ってるか?」

「ひゃにお?」

使用機体を選択して申し込みを終え、マッチングが完了。

戦場に呼び出される前に、優芽を離してにっと笑う。

「兄貴って生き物はな、弟や妹に頼られると強くなるんだぜ」

じゃ、ちょっと行ってくるわ。なあに、むこうの要求通り早く終わるよ。

「行っちゃった……お兄ちゃん、妙に自信満々だったけど」

きーちゃんともわりかし普通にしゃべっていたし、なんか今日の兄は変だ。こんな状況、いつもならヘタレているはずなのに。

「多分、大丈夫なんじゃないかな」

唯一と言っていい兄の友人が特に心配をするでもなく、いたって軽い口調で答えてくれる。

あの兄の友達をしていてくれることといい、今回の件でも何かと手伝ってくれるし。何よりイケメンだし。本当に兄と同じ種類の生物なの？　控えめに言って完璧すぎませんか？

「青山さん……何か、兄に秘策でもあるんですか？」

「秘策と言うか、卑策と言おうか……。まあ、見てればわかると思うよ」

ちょっとだけ不安になる言い方だったけど、どうやら勝算はあるみたい。

だったら、不肖の兄を信じてみることにしましょう。たまにはお兄ちゃんらしいところ、見せてよね？


コクピットの中は狭い。チェアー型のシートがほぼ全てを占め、左右の肘掛けにはタッチパネルスクリーンと操作用のスティックがついている。基本的にはこのスティックで移動や視点操作をして、そこについているトリガーで武器を使う。そして足元のフットペダルでジャンプしたり加速したりする。武器の照準なんかは管制ＯＳの補助ＡＩが視界に入った敵機に自動で向けてくれる。もっと複雑な動きをしたければコクピット内に操作パーツを追加すればいい。ＯＳによっては音声認証もある。

コクピット内のレイアウトは割と自由に選べるので、自分が最も使いやすい形にするといい。チェアー型以外にもバイクのような前のめり型のシートや、モーションキャプチャー型もあるしな。当然ながらモーションキャプチャー型は二腕二脚の人型が前提だが。

「さて行くか。レッドゾーン、起動しろ」

俺の言葉に反応して、正面にあるメインモニターがブゥン……と立ち上がる。それと同時にコクピット内の機器に電源が入り、順次起動を始める。

「搭乗をお待ちしておりました、赤信号様。再び共に空を舞えること、至上の喜びでございます」

起動したメインモニターに映ったデフォルメされた赤いハヤブサのキャラクターが丁寧な口調で俺に話しかけてくる。

こいつが今回使用するレムナント『レッドゾーン』の管制ＯＳの操作補助ＡＩだ。音声認証タイプを選んだせいか、まあよくしゃべる。

「赤信号様、此度《こたび》の相手はどのような手合いで？」

「ランキング二十一位、クチナシのデンジャーゾーン。勝てると思うか？」

「はははははは!!　これは異なことを。相手がどれほど強かろうと、負けるために戦場に立つ者がおりましょうか。戦うのならば勝てる勝てないではなく、勝つ。そうでしょう？　それとも、赤信号様は敗北のために私をお作りになったのですか？」

『ラオシャン』のアクアといい、ＶＲゲームのＡＩはほんと優秀だよ……。飛ぶぞ、暴走領域《レッドゾーン》。

危険領域《デンジャーゾーン》なんてぶっちぎれ」

「我が翼はあなたのために。征きましょう」

赤いハヤブサが画面から消え、モニターに戦場の景色が映る。今回は海上の工業プラントか、悪くない。

出撃までのカウントダウンがモニター中央に現れ、それと同時に各推進器に火を入れる。

レッドゾーンに脚は無い。このレムナントは完全飛行型だ。

大きく丈夫な分厚い装甲を誇る流線型の頭部が一番前面にあり、そこから大容量のメインジェネレータとエネルギー回復速度重視のサブジェネレータを積んだ胴体部と脚部が水平方向に伸びる。

脚部は太腿《ふともも》から一体化して尾びれのような形の推進器となっており、腕部も肘から先が推進器。

背中にも大型推進器を背負い、腹部には浮遊用バーニア。さらに各所に姿勢制御用の補助バーニアを搭載。

全身推進器の塊とでも言うべきこのレッドゾーン、もちろんモチーフはハヤブサなどではない。

「超高速で空飛ぶクジラを見たことがあるかな、クチナシさんよぉ？」

海洋哺乳類になった俺は強いぜ？

「なんなの、あのふざけたレムナントは……」

戦場に降り立ち、敵機を索敵してみればそれはすぐに見つけることができた。

デンジャーゾーンのセンサーやカメラはかなり遠くまで見渡すことができる。かわりに近距離でのロックオン追従性が犠牲になっているが、そんなものは自分の操縦技術でどうとでもなる。メインモニターに表示されるレティクルに相手機体を合わせていればセンサーのロックオンが間に合わなくても弾は当たるのだ。

工業プラントの中に半ば隠れるようにして足を止め、望遠用にズームさせたカメラが捉えたのは真っ赤なクジラとしか言いようのない造形の完全飛行型レムナント、その名をレッドゾーン。デンジャーゾーンを意識したであろう名前に妙な腹立たしさを感じる。

その造形はというと、胸鰭《むなびれ》の代わりに肘から先が推進器になったような腕（？）が肩から伸びているので人魚と言えなくもないが、やはり頭部が大きすぎるのでクジラの方がしっくりくる。

「あんな頭部パーツは無かったはず。ハンドメイドパーツかな」

どうやったらあんなものを作ろうと思えるのか。というかハンドメイドパーツとは、お兄さんは初心者ではなかったのか？

しかし見れば見るほど奇妙なレムナントだ。望遠にも限度があるとはいえ、ぱっと見で武装らしい武装が見当たらない。頭部にそれこそクジラの口のような開閉機構があるように見えるが、そこに仕込んでいるのは確定だろうけどほかに何もないのか。

動物型レムナントを組むプレイヤーは口腔内にプラズマキャノンを仕込むことが多い。狭い空間に仕込むには長い砲身が不要なプラズマガン系統が適しているからだ。

ほかに多いのは側面や爪先、関節部分にレーザーブレードを組み込むことだ。自分もやっているが、ちょっとハンドメイドで装甲やフレームをいじるだけで格段に発見されづらくなる。そのうえレーザーブレードは高火力でエネルギー供給が間に合う限り弾切れもないので、不意打ちや最後の足掻きとしてうってつけなのだ。

だが、完全飛行型ではその抱える欠点からしてプラズマやレーザーは搭載が難しいはずだ。

「それにしても、初心者が完全飛行型を選ぶことは少なくないけど、妙に完成度高いわね……」

悠然と空を泳ぐ姿は堂に入っており、見てくれだけならかなりの出来栄えだと思う。彼が自己申告通り最近始めたばかりの初心者だとすれば、素晴らしい才能を持ったルーキーが現れたものだ。

だいたいの初心者は初期機体を順当に強化していくし、なにより直感的に動かし方がわかりやすい人型を使うことが多い。次いで戦闘機のように足をつかず常に浮いている完全飛行型、戦車といった実際の乗り物に近いビークル型に人気があり、一部根強い人気を誇る動物型と、モチーフなど無い異形型となる。

この考えで行けば、前方空中を泳いでいるクジラは完全飛行型と動物型のミックスとでも言えばいいか。その組み合わせだと普通は鳥型になるはずだが、何を思ってクジラにしたのだろう。並々ならぬ愛情や執着がクジラにあるとでもいうのか。

あまりに突飛なレムナントの造形に無意識に集中して観察していると、不意に望遠カメラ越しに目が合ったような気がする。確証は持てないが、その動きはこちらへとゆっくり向かってくるものに変わったように見える。

「さすがに向こうも気付いた？」

まだ慌てるような距離でもないが、狙撃だけには注意を払いつつ推進器に火を入れる。ロックオンをされたら対狙撃に特化したセンサー類がアラートを鳴らしてくれるし、デンジャーゾーンの運動能力であれば推進器の準備が万全ならアラートが鳴ってからでも回避できる。

完全飛行型はその機動力を生かしたヒット&アウェイか、上空という地の利を生かして爆撃や砲撃が主流だ。

「今はゆっくり動いているけど、あの異常に装甲が分厚い頭部と推進器の多さからしてヒット&アウェイタイプのはず。正面からだとライフルは効きそうにないし、すれ違いざまにブレードを叩き込むべきね」

このランクに上り詰めるまでの戦いで完全飛行型は幾度となく見てきた。高機動力とこちらの手が届かない空というアドバンテージはたしかに強いが、それでも弱点はある。

その名の通り常に飛行している都合上、エネルギー消費が激しい。そのため、エネルギーを食い合うお手軽高火力かつ比較的軽量であるプラズマやレーザー武器の使用が難しい。

また、飛んで速力を出すには軽量化が必須課題なので、大抵の場合装甲を削り、武装の数を減らさなければならない。そうなると機関部の守りは薄くなり、火力がある攻撃を食らえばすぐにジェネレータがイカれてしまい、エネルギー供給が追いつかなくなって飛べなくなる。

完全飛行型とは、全ての攻撃を回避するだけの操縦テクニックと、少ない武装を的確に打ち込む射撃センス、さらにカツカツのエネルギーのやりくりまで求められる上級者向けの機体なのだ。

「初心者がイキがって使うと、ただ浮いてるだけの棺桶《かんおけ》。素人とランカーの違いを知ると良いわ」

突進に対してカウンターを決めて撃墜してやろう。そのためには回避運動がとれる開けた場所に誘い込むべきか。

そう考えて移動を開始したクチナシは、マップ北東端にある少し開けた場所を目指す。早すぎず遅すぎず、時に物陰に隠れながら、それでもわざと向こうに見つかるようにその姿をチラチラと見せながら追ってこさせる。

マップ端だと、高速飛行型は場外による反則負けを気にして全力で動けなくなるだろうことも織り込み済みだ。

わざわざ警戒色で彩った危険領域《デンジャーゾーン》に踏み込んだ者は手痛い被害を受ける。そう、敗北という名の。

「いつでも仕掛けてきなさい。綺麗《きれい》に落としてあげる」

近づいてくる赤いクジラを見つめ、自信満々に嗤《わら》うクチナシ。

蜂の狩りが始まる。

「さあて、ここまでは順調。誘い込んでるつもりだろうがありがたい限りだ。調べた通りだったな」

マップ北東に向けて移動を始めたデンジャージャーゾーンを上空から追いかけるが、相手がこちらを誘い込もうとしているのは見抜いている。

というか、完全に舐められているな。工業プラントなんていう高低差もあり入り組んだマップで、「飛行型を相手するのにわざわざ広場を使おうとするなんて「近づいてきたところをカウンターで刺す」と公言しているようなものだ。

こちとら一目でわかるくらいに推進器マシマシのクジラだぞ？　どうせ頭の装甲を見て撃ち合うのが面倒だと思ったんだろうな、飛行型が満足に近づけないプラントなら好きなように鴨撃《かもう》ちにできるだろうに。

「マップ端に到着……やっぱり立ち止まりやがった。よくもまあこれだけ大っぴらに誘うもんだな、どんだけ人を見下してんだか」

その分俺の勝率は上がるからいいけどな。とは言え俺がやろうとしているのは賭けには違いない。できうる限り可能性を高めているが、確実とは言えない。

そして、チャンスはおそらく一回のみ。その一回を掴《つか》み取《と》らなければ俺に勝ち目はない。このレッドゾーンはそういう風に組んだレムナントだ。

「構造的に無茶があるからな……。こんな身体にしてすまねぇな」

「なんの。レムナントは操縦者に勝利をもたらすための物。あなたが考えた最適の身体で最善の戦法を最高にこなす、それが私の存在意義です。存分に勝利をお摑みください」

「ありがとよ。じゃあ行くか！」

エネルギー残量よし、目標デンジャーゾーン。

場外が近い？　それがどうした、ぶっちぎるんだよ。脚部、腕部、背部推進器全開。加速が乗り切るまで三秒。

はっ！　効かねぇとわかってるライフルを撃つのは、雑な演技を取り繕ってるつもりか？


「速いっ⁉」

予想以上の加速を見せたレッドゾーンに驚愕《きょうがく》する。推進器の大きさと数からしてヒット&アウェイタイプだとは思っていたがまさかこれほどとは。

いくら流線型の頭部で空気抵抗が少ないとはいえ、大型に分類されるサイズのレッドゾーンがこの速度を出すのは難しいはず。いったいどれほどのスペックをスピードに割いているのか。

「でも、速いだけなら対処できる。どんな暴走特急だろうと、狙いがわかっているのなら！」

あのスピードではたとえ火器を仕込んでいてもろくに照準はとれまい。可能性があるのは、進行方向を向いている面、すなわち口腔内もしくは何もついていないクジラの腹にあたる部分に格納されているか。胴体側部は腕……というか鰭《ひれ》型推進器のせいでそんなスペースは無いはず。

彼我の距離が詰まり、激突までに数秒の余地もない距離。クジラがその大きな口を開いた。

多くの動物型レムナントと戦ってきた経験が、高速で迫る大鯨の喉奥に何かを見た。大きさからしてプラズマガン？

「所詮は素人、その程度……うぅっっ⁉」

一瞬でメインモニターがホワイトアウト。望遠もできる高感度のカメラが仇《あだ》になったのか、視界を完全に奪われ何も見えない。

違った。あれはプラズマガンなんかじゃない。この強烈な光はフラッシュガン⁉

超強力な閃光《せんこう》で一時的に相手の視界を奪う武装であるフラッシュガンは、正直なところあまり使われることがない。

理由は簡単。視界を奪う効果を得るにはかなり近づかなくてはならないが、視界を奪えるのはほんの二秒弱。さらに設定ミスなのかと思うほど費用対効果の悪いエネルギー効率がのしかかる。

激しく動き回り弾丸が飛び交いブレードが交差するような接近戦で、ほかのエネルギー武器の使用を諦めるほどの劣悪燃費のフラッシュガンを使って得られるのが僅か二秒の隙。

その二秒もスタンではなくただ見えないだけなので相手は動ける。それならスモークグレネードなどでいいではないかという話にもなろうというもの。

上位ランカーともなれば、目をつぶっていたってレムナントの操縦ぐらいできる。それも相手は直線で突っ込んでくるだけ、回避運動を取るくらいわけはない。視界が戻る頃にはレーザーブレードでクジラの解体だ。

そう思って、いつもカウンターを取るときのように大小二対の推進器を吹かして小さく右旋回。相手の右側に張りつくように回りこめば、そこにはがら空きの腹が見える。

はず、だった。

「きゃあっ！　な、なにっ⁉」

回避運動を取ったと思った瞬間、凄《すさ》まじい衝撃がコクピットを襲う。

大質量の物体と衝突したかのようなそれは、自分の回避が失敗したことを物語っていた。

「回避距離もタイミングも間違っていなかったはず！　……動かない⁉　なんで⁉」

あの一瞬で何があったというの⁉

予想だにしていなかった現状に考えが追いつかない。しかしその答えはすぐにわかった。

フラッシュガンの効果が切れ、真っ白になっていたモニターに外の光景が見えてきたからだ。

初めに見えたのは、フレキシブルに動く鰭のような推進器。そして、その先にあるのは太腿から先で一体化した、尾びれ型の脚部推進器。

「まさか……食べられてる⁉」


「フラッシュガン直撃！」

レッドゾーンのＡＩ音声が摑みに成功したことを知らせてくれる。

目をつぶされた相手がどう動くのか、今の速度では見てから動いたのでは遅い。だが、俺は知っている。クチナシが俺の右側に回りこもうとすることを。

左に九十度ロールしながら、デンジャーゾーンの回避運動に合わせて顎を引くようにして首を傾ける。そのままフラッシュガン発射のために開いていた口をさらに大きく開ければ……。

「もらったぁぁああ！！！」

まるでデンジャーゾーンが自ら飛び込んでくるかのように、大きく開いた顎に捕らえる。かなりの衝撃がこちらにも来るが、来るとわかっているなら耐えられる。そのまま顎を全力で閉じ、身動きを封じる。

デンジャーゾーンを口に咥《くわ》えたまま拉致するように飛ぶが、さすがにレムナント二機分の重量を支えながら完全に浮き上がるには推力が少し足りない。

「レッドゾーン、腹部推進器出せ！　最大速力‼」

「承知いたしました。腹部推進器展開、最大速力！」

足りないんなら足せよってなぁ！

ガコン！と腹部の装甲がせりあがるようにして展開。そこから現れるのは背部に背負ったものとほぼ変わらない、それ一つで軽量レムナントを振り回すほどの大型推進器。

大幅に増した推力にものを言わせ、無理やりデンジャーゾーンごと空に舞う。

フラッシュガンの効果が切れて元に戻った視界の中で、はたしてクチナシは現状を、そして俺の目的を理解しきれるかな？

拘束から逃げようともがくデンジャーゾーンだが、甘い。

完全に直立状態で両腕を挟み込まれている姿勢では、動物型レムナント特有の強靱《きょうじん》な顎は振りほどけないだろう。しかも頭部パーツはレーザーなどのエネルギー属性に特化したものだから、レーザーブレードを発振してもそう簡単には壊れねぇぞ？

「赤信号様、エネルギー残量15％です！」

「構わねぇ、このまま飛べ‼」

エネルギーエンプティが近いことをＡＩが教えてくれるが、そんなこと百も承知。全ては織り込み済みよ。

バタバタと抵抗するデンジャーゾーンを捕らえたまま、ある地点を越えたとき、俺はアラートの音を聞いた。

そこは海上にあるプラント北東端からさらに進んだ先、要するにマップの端。

ここから先はエリア外ということを示す点線のようなマークで引かれた境界線上を、それがどうしたとばかりに全速力で飛び越えたことで、エリア外にいることを警告するアラートが鳴ったのだ。

モニターに映るアラートとともに現れた強制敗北までのタイマーすら無視し、ただひたすら直進。

うん？　どうしたクチナシ、抵抗をやめて。ああ、同時にエリア外に飛び出たから引き分けになるだろうってか？

そりゃありがとう、俺の勝ちだ。

エリア外に出てから五秒。ついにレッドゾーンのエネルギーが尽き、全推進器が沈黙。推力を失った機体が重力と慣性に導かれながら海へと落ちていくと同時、戦闘終了を示す画面がメインモニターに映し出される。

『YOU WIN』

な？　俺の勝ちだっつったろ？

「なんで⁉　同時にエリア外に出たのに、なんで私が負けるの⁉　何か卑怯《ひきょう》な手を使ったんでしょ⁉」

対戦が終わり、帰還者用通路のドアを開けてアリーナロビーへと戻るや否や、同じく帰還したクチナシに詰め寄られる。

対戦前の慇懃《いんぎん》無礼《ぶれい》な態度はどこへやら、クールなキャラの口調を作ることも忘れ、自分の負けを認めようとしない。

おいおい、そんなみっともない真似をしていいのか？　優芽と青、それと通りすがりの人たちが見てるぜ？

「リプレイ動画をきっちり保存してるから、好きなだけ確認しろよ。なあ、青」

「うん。なにも後ろめたいことはしていないよ。ちゃんと『ＩＲ』の勝敗条件を満たしたから、クチナシさんは負けて、赤が勝ったんだ。はい、証拠の動画」

俺たちの試合を観戦・録画していた青がリプレイ動画をインターフェースに移し、どうぞとクチナシの方に向ける。

青が気を回したのか、映像はちょうど俺がデンジャーゾーンを捕らえてエリア制限の境界線に向かって飛んでいるところ。そして、境界線を越えたところでクチナシが動画を止めて抗議の声を上げる。

「だから、同時にエリア外に出てるじゃない！　これなら引き分けでしょ!?」

「なんだ、お前ランカーのくせに場外の判定知らないのか？　そもそもこのゲーム、引き分けなんて無いぞ。ノーゲームならあるけど」

ギャンギャン吠《ほ》えるクチナシに告げる。は？と呆《とぼ》けたような顔をしているあたり、やっぱりこいつはその辺のことを知らないようだ。

ならばしかたない。青とやったテスト戦を除けば対人戦績一戦一勝〇敗のまごうことなき素人である俺が、歴戦の猛者であるランキング二十一位様に講釈を垂れてやるよ。

「インターフェースを開いてプロフィールを見ろ。そこの戦績欄、対戦数と勝敗数と勝率しか書かれてないだろ。つまり、このゲームにおいて引き分けという概念は無いんだ。どれだけ同時に見えても、このゲームの判定機能が捉えられる限りコンマゼロ秒以下でも先に被弾、場外した方が負ける」

ちなみに天文学的確率でコンピューターすら判断できないほどにピッタリ同時だった場合は無効試合となり、戦績には反映されないらしい。無効試合はネットを探してもたった二件しか見つからなかったほど、超厳密な判定がされているようだ。

「だったらなおさらおかしいわ。だって、先に出たのはそっちよ！」

停止したリプレイ動画を指す指の先には、デンジャーゾーンを咥えるレッドゾーンの姿。

たしかに、デンジャーゾーンの胴体を横から咥えている以上、レッドゾーンの頭部が先に境界線を越える。だがそうじゃないんだ。場外のタイミングを間違えている。

「レムナントが場外判定を受けるのは、コクピット部分が完全に境界線を越えたとき。レッドゾーンのコクピットは機体中央部にあるから、先に場外判定を受けたのはそっちだ。卑怯でもなんでもない、俺はルールに従って勝ちを得ただけだ」

このあたりはネットを探してもよくわからなかったので、青と二人で何度も検証した。思いっきり鳩胸《はとむね》の機体を組んだり、逆に長い尻尾をつけた機体を組んだり。寝ころんだ青の機体を徐々に境界線外に押してどこでアラートが鳴るか試したりな。

そしてコクピット部分が判定に使われていると判明したとき、俺は確信したね。「よし、機体は地面と水平方向にしよう。要するにクジラ型だ」と。

呆然《ぼうぜん》とした体で言葉を失ったクチナシをよそに、ひたすら検証とレッドゾーンの製作をしていた三日間を思い出す。あれはあれで結構楽しかったよな。

昨日、ガレージにて。

「作戦はわかったし勝機もガチンコ勝負より十分高いとは思うけど、そもそもデンジャーゾーンを捕まえることができるの？　もしもの時の装備とかつけた方がいいんじゃない？」

出来上がったレッドゾーンは並のレムナント三機分はある推進器の量に対して、武装は口の中に隠したフラッシュガン以外にない。捕まえ損ねて警戒されたら、あとは体当たりしか攻撃手段がないのだ。

「捕まえられる。１００パーセントとは言わないけど、八割はある。そしてこのフラッシュガンはその八割を九割にしてくれる。それにレッドゾーンの構造とエネルギー消費量を考えると、武装を積む場所も重量的余裕もない。そもそも甘えた装備で勝てる相手じゃない」

そもそも武装をぶん投げてスピードに特化した機体で場外まで拉致するという戦法を選んだ時点で、もしもの時なんてない。失敗＝敗北だ。そして、だからこそ勝機がある。

「現状で俺にあってクチナシに無いものって、何かわかるよな？」

「チ◯コ」

「え？　お前ここで小学生みたいな下ネタぶっ込むの？　マジで？」

俺、現状でって言ったよ？　何？　将来的にそうなる可能性を見越してるの？　いや、性転換も今やそんなに難しいものじゃないらしいけどさぁ……。

「ごめんごめん。情報、だよね？」

「はぁ、お前ホントな……わかってるならそう言えよ」

さすが自称ゲームは理論派。そういう所は心得ている。


クチナシは国内二十一位という立派なトッププレイヤーだ。それでいて性格はともかく美少女アバターで中身も現役ＪＫ（引きこもり予備軍）ともなれば、ちょっと探せばいくらでも情報は出てくる。

リプレイ動画もゲーム内だけでなくネット上にゴロゴロ落ちてるし、使用してる機体のそれなりに正確だろうデータすら簡単に見つけられる。特にクチナシはデンジャーゾーン以外のレムナントに乗ることがほとんどないので、デンジャーゾーンの参考動画なんて腐るほど手に入れられる。

対して俺はまだ始めて一週間も経っていないうえに対人戦も青以外としていない。それもフリー対戦だけなので、よっぽどの物好きでもない限り観戦はおろかリプレイ動画を持っているプレイヤーはいないはずだ。

己を知り、相手を知れば百戦危うからず。

俺の場合は相手を知ってから自機を作ったので順番は逆だが、そのことに間違いはない。徹底的に相手を研究し、今自分にできることで最も勝率の高い戦法を取れば初心者だってランカーを食うことは不可能じゃない。

もとより、ロボットゲームのシナリオに出てくるボスキャラなんてのは理不尽と不条理を総動員させた超高性能の特別機体であることがほとんどだ。そういった正面からどつき合って勝てるはずもない相手に勝つには、相手の武装や思考ルーチンを読み、最適な武装と対策を練って戦わなければならない。

そしてそれは対人戦でも同じ。どれだけ相手に対して有利を取れるかという戦いは、ロボットに乗る前から始まっているのだ。

「まあ、情報が少なくても実力で対応してくるのが上位陣なんだろうが……クチナシに限っては、さっきも言ったけど一回こっきりなら九割とれる」

「いい情報があったの？」

「とりあえず百戦分のリプレイを見てみたけど、あいつは敵を中心にして左に左に……要するに時計回りに動く癖がある。特に接近戦になったときの緊急回避やカウンター狙いのステップなんかは、相手右側に警戒すべき武器があるとかの理由がない限り、ほぼ確実に右に回避行動をとる」

動く方向がわかっている回避動作はもはや回避足り得ない。そこを狙えば捉えることは可能だ。

フラッシュガンを使用するのも、接近時に口腔内に仕込み武器があると思わせて回避しようと思わせるのが第一目的。そして直撃して視界を失えば、身体に染みついた習慣で右に回避する可能性がより高くなる。動かないなら動かないでそのまま拉致ればいい。

「こちらの狙いがバレたら勝ち目は無くなる。だけど何も知らない相手ならほぼ確実に一勝もぎ取れる。それが『初見殺し』だ」

幾多のゲームで数多《あまた》のボスがプレイヤーに対して仕掛けてくる最大の攻撃こそが初見殺し。RPGなんかでは開幕1ターン目に全体に致死レベルの攻撃をしてくるとかな。

そういうのはえてして装備の属性値を見直したりすることで防げることがほとんどだが、情報がない初見では全滅ないし戦線崩壊級の被害に遭う。

それを上位ランカーに仕掛ける。正攻法で勝てないのなら、正々堂々文字通りの場外戦をすればいい。

高水準の万能機を倒すのは、いつの世もそれを上回る万能機か何かに振り切った特化機だ。そして一騎当千の強者を落とすのは武器ではなく策略だ。

幸い向こうはこちらのことをずいぶんと舐め腐っているし、こちらのレムナントは見た目もクジラ型でいい感じに思考を攪乱《かくらん》できるだろう。

クールキャラぶってるやつをハメ殺すのは、相手がNPCでも人間でも楽しいなぁ？

「ま、勝ちは勝ち。約束通り優芽の話を聞いてもらう。……だけど、その前に少しだけ俺の話も聞いてくれ」

「お、お兄ちゃんが……」

「話を聞いてくれ……だと……？」

話をすると自分から言い出したことがそんなに珍しいか、マイシスター＆マイフレンド。顔が命のＪＫとモデルがムンクの叫びみたいになってんぞ。お前らはいつかシバくからな。

アホ二人は置いといて、いまだ言葉を失っているクチナシに向き直る。

「俺がとった今回の戦法はこの一戦だけに勝つためのもので、レッドゾーンもそのためだけに作った専用機だ。ネタが割れた以上次は無いし、仮にランキング戦でやっても対処法が知れ渡ればすぐに勝てなくなるような一発芸だ」

レッドゾーンは普段格納している腹部推進器も全開にしなければ、敵レムナントの動きを封じたうえで拉致飛行ができるほどの推力は得られない。あの量の推進器を持たなければそれだけの推力は出せないし、全開で動かそうと思えばサブジェネレータを積まなければ速攻でガス欠になって飛ぶことすらままならない。

戦闘が開始してからもずっとエネルギーは緩やかに減り続けていて、正直逃げ回られるだけでいつかは力尽きていた。

場外まで敵レムナントを押し出すという戦法を取るには、それだけの欠陥構造にならざるを得なかったのだ。

「この三日間、お前を倒すためだけにいろんな検証をした。何度も何度もリプレイを見返してお前の行動パターンや癖を徹底的に研究した。専用機を組んで、失敗したらエネルギー切れがほぼ確定する一回切りの賭けのような作戦を作った。それぐらいしなきゃ俺はお前に勝てなかった」

現時点でお互いが同じレムナントを使って戦ったら、百回中百回俺が負けるだろう。それぐらいクチナシは強い。何度もその戦いを見たからわかる。

グッとこぶしを握りこんで俯《うつむ》いているクチナシが言う通り、ある意味で俺は卑怯な手を使ったと言っていい。なにせ不特定多数の人間と戦うことを前提に機体を組んでいる彼女に対し、俺は完全にクチナシ個人に的を絞った機体を組んだのだから。

「俺はゲームオタクのコミュ障ダメ人間で当然友達なんてほとんどいない。だけど、こんなダメな俺でも家族は優しくしてくれる。だから、優芽が俺に助けを求めるのなら俺は全力で応える。ランキング二十一位を倒すくらいな。家庭それぞれ関係も違うだろうけどさ、家族って良いもんだよ。だから、心配してる親御さんの話も聞いてやれよ」

まあ、その前に優芽の話を聞いてやってくれ。

クチナシに言うだけ言って、青を連れてアリーナから立ち去る。あとは二人で話し合ってもらうとしよう。

「いいの？　勝負に勝った赤がいなかったら、クチナシちゃん話を聞いてくれないんじゃないの？」

「いいよ。向こうが戦いで負けたら話を聞くっつってんだから、これで話を聞かないようなやつなら言い方はあれだけど妹の友達でいてほしくないし。それに」

「それに？」

「しゃべりすぎた。ＶＲだから喉が渇いたりしないけど、ログアウトしてなにか飲みたい」

こんなにしゃべるのは、俺のキャラじゃないからね。


一週間の大型連休も最終日。ここ数日間ロボットの組み立てと対クチナシ研究にほぼ全ての時間を費やしていた俺は、思いっきりだらけている。

いやしょうがないだろ、前作に当たるゲームをやっていたとはいえズブの素人が頭部と脚部ハンドメイドよ？　マジで知恵熱で脳味噌がボイルされるかと思ったね。緊張の糸も切れますわ。

睡眠時間を大幅に削っていたツケがクチナシ戦後に来て、ログアウトした後母さんが夕飯に起こしに来てくれるまで泥のように寝てたからな。

「今日はこのまま、ゲームせずにゴロゴロしよう……」

ピンポーン。

くぁあ、と俺が大きなあくびをするとインターホンが鳴る音がした。宅配便でも来たのかな？まあ、俺に心当たりはないし休日でほかの家族もいるし、別に出なくていいだろ。

「優芽ー？　お友達よー」

母さんの声がしてすぐ、隣の妹の部屋のドアが勢いよく開いたかと思うとドタドタと音を鳴らしながら優芽が一階に駆け下りていく。

なんだなんだ、そんなに慌てて。彼氏でも来たのか？　お兄ちゃんは独り身だっていうのに進んでるなぁ……。

優芽は兄としての贔屓目《ひいきめ》を抜きにしてもそこそこ可愛《かわい》い方だし、クチナシの一件でわかる通り友達思いのいい子だ。俺に対してちょっと口が悪いけどな。

明るく人当たりがいいし成績も悪くない。部活はしていないみたいだけど。そんな妹に彼氏がいても何も不思議じゃない。……なんか相対的に俺の情けなさが浮き彫りになって悲しくなってきた。

「お兄ちゃーん、入るよー？」

雑なノックとこちらの返事をもとから聞く気のない呼びかけがドアの向こうからしたかと思うと、マジで優芽は返事を聞く前に入ってきやがった。

「お前なぁ、俺がベッドでゴロゴロしてるだけだからよかったものの、返事を聞いてからドア開けろよ。俺がナニかしてたらどうすんだ」

「そのときはお兄ちゃんの記憶がなくなるまで殴るからいいよ」

え、俺が裁かれる側なの？　つーか見た側が覚えてたら意味無くね？

「そんなことはいいから、ほら」

「お、お邪魔します……」

優芽の陰でわからなかったけど誰かいたのか。マズイ、さっきの兄妹だからこそ許されるやり取りを聞かれてしまった。超恥ずかしい。とりあえず寝ころんだままもアレだし体を起こそう。

つーかなんでお前の友達をわざわざ俺んとこに連れてくるんだ、リアルJKとか下手したらしゃべりかけるだけでセクハラ扱いされるかもしれない超危険生物だぞ。

対男性究極破滅魔法「コノヒトチカンデス」。公共機関内で唱えられるとたとえ冤罪《えんざい》だとしてもほぼ100パーセント社会的信用を失わせるその最強の呪文、知らないとは言わせんぞ。

「……ん？　……あれ⁉　クチナシ⁉」

「ど、どうも……」

妹の後ろから遠慮がちに出てきたのは、前髪をぱっつんにしたショートカットの美少女。アバターのときよりも身長は低いけど、顔はほとんどクチナシそのままだ。

マジかお前あれデフォルトの顔だったの？　人の趣味に口出すつもりも資格もないけど、ロボット乗ってる女の子の顔じゃないよ。ちょっと愛想ふりまいたら男の方から寄ってくるだろ、うわぁーモテそう。

「お兄ちゃん、女の子の顔をじろじろ見たら失礼よ」

「あ、ごめん。えっと、クチナシ？　きーちゃん？　それとも……」

「改めまして、黄崎貴理です。プレイヤーネームはゲームごとに変えているので、名前で呼んでください。……昔のようにきーちゃんと呼んでくれても構いません」

ペコリと小さな体をさらに折り曲げるようにお辞儀をしたクチナシこときーちゃん。

彼女がここにいるということは、優芽の話を聞いて脱引きこもりを決心したということか。

「よかった、俺の連休は無駄じゃなかった……」

カッコつけてログアウトしたけど、あれできーちゃんが話を聞かずに引きこもり続行とかだったらちょっと後味が悪いなと思っていた。ちょいとアレな戦法だったとはいえ、初心者がランカーにほぼ何もさせずに勝ったという事実は彼女のプライドをへし折っただろうし。

「その、お兄さんに負けた後、あーちゃんに聞きました。お兄さんも、私と同じだったってこと」

俺はランカーでもなければイケメンでもないし、もちろん美少女でもない。やや目つきが悪いだけの純然たるモブ顔だ。百人探せば五、六人は似たような人がいる。

なんのこっちゃと思っていたが、きーちゃんがぽつりぽつりと話す内容に合点《がてん》がいった。

きーちゃんは推薦で今の高校に決まり、入学まで一般入試の同級生よりも暇な時間があった。入学祝いに両親からVRギアを買ってもらったこともあって、友達の入試が終わるまでゲームで暇つぶしをしていたそうだ。

だが何を思ったのか手に取ったゲームがまさかの『インフィニティ・レムナント』。きーちゃんとしては難易度が高いゲームならその分長く暇つぶしできるだろうという、本当にたったそれだけの理由だったらしい。

そんな風になんとなくで始めた『ＩＲ』だったが、きーちゃんの性格とがっちりかみ合ったのかやればやるほどどんどんハマっていく。気付けば同級生の入試も春休みも終わろうとしていた。問題は入学した後。完全に『ＩＲ』に魅了されていたきーちゃんは致命的に周囲と話が合わなくなっていた。

昔に比べるとゲーム人口の男女比はかなりトントンに近くなっているそうだが、それでもガッチガチのロボゲーである『ＩＲ』の話が通じる女の子はそうはいないだろう。

優芽は自分も多少なりともゲームをやるし、祖父・父・兄がゲーム野郎なこともあってその辺に理解はあるが話題にできるほどではない。試しに『ＩＲ』をやってみても、とてもじゃないがクリアできるとは思わないと言っていた。

自分の好きなことと他人との繋がり。当時のきーちゃんはそれを両立できるほど器用ではなく、彼女の手が取ったのは前者だった。その後のことは皆まで言うまい。

たしかに、俺がコミュ障になった経緯と似ている。自分がどれだけ好きなものでも、他人からすれば何が楽しいのかわからない。そしてだんだんとすれ違っていき、やがて決定的に離れてしまう。

「でも、お兄さんは高校を卒業して大学にも通ってるんですよね？　どれだけいやなことがあっても、周りと話が合わなくても」

「ま、まあ……」

でもなあ。俺はハマったのがレトロゲーだったから、ある意味では他人と趣味が合わないことをはじめから知っていた。すでにオンラインサービスが終了していたゲームばかりという環境から、ゲームに逃げ込んでもいつかは終わりが来るということを漠然とだが理解していた。

だがきーちゃんはその真逆。

フルダイブVRという現実と見紛《みまが》うほどリアリティのある世界で、しかも周りにいるのは話が合う理解者《プレイヤー》ばかり。さらに言えば、個人戦を主としている限りMMORPGのようにほかのプレイヤーと協力して何かするということもない『IR』はぼっちを加速させる。

しかもきーちゃんはランカーになれるほどの優れた才能を持っていた。そうなればままならない現実よりもゲームにのめり込んでいくのもしかたがないことかもしれない。

「結局、私は甘えて逃げているだけでした。誰も自分をわかってくれないとカッコつけて、あーちゃんが差し伸べてくれた手を取らず、学校にも行かずに親に心配をかけて」

きーちゃん、ちょっと拗らせかけてたけど根は真面目ないい子なんだな。考えてみればデンジャーゾーンも基本に忠実な設計だったし、リプレイで何度も研究した立ち回りも優等生そのものだった。

まあ、だからこそハメることができたんだけど。

「お兄さんとあーちゃんに諭されて、私反省しました。家族にも心配かけたことを謝りましたし、最初はいろいろあるかもしれませんけど連休明けから学校にも行きます」

すげぇ、もう行動に移してるんだ。

そんならもう、俺なんかに構わないで準備しなよ。勉強も人間関係も、遅れた分取り返すのは大変だぞ。

「俺みたいなダメ人間になる前に踏みとどまれてよかった。優芽と仲良くしてやってくれ」

今のきーちゃんなら大丈夫。

そう思って話を切り上げようとしたら、不意にきーちゃんが俺の手をそっと握った。

「昨日もお兄さんは自分のことをダメ人間って言ってましたけど、妹のために全力で戦って勝ったお兄さんは、すごくカッコよかったですよ。……また、一緒にゲームしてくださいね？」

これ、フレンドコードです。

離された俺の手の中には一行の英数字の羅列が記された小さなメモ。

俺がそれを受け取ったのを見て、ちょっと顔を赤くしたきーちゃんはそれではと俺の部屋から出ていった。

「今回はありがとね、お兄ちゃん。……？　お兄ちゃん？　おーい。……固まっちゃってる」

知らんのか妹、美少女のボディタッチは童貞拗らせたコミュ障に効果が抜群だ。

女の子の手、柔らかい。

第4話

フレンドと共に龍を狩れ！
（友人は付属しておりません）
～Dragon×Slayer X～

「もう少し……もう少しだ……！」

灼《や》けつく砂地に身を這《は》わせ、牛歩の如き速度で前に進む。

焦るな、しかし急げ。俺たちを狙う黒き悪魔の手先は目を爛々《らんらん》と輝かせている。すでにいくらかの兄弟は不幸にもやつらにやられてしまった。

それでも俺たちは止まらない。散った同胞のためにも進むのみ。

我らが目指す約束の地まであと僅か。

「さあ、ゴールだ……‼」

しかし、悪魔というのはえてして上げて落とすもの。

その例に漏れず、一瞬のうちに捕らえられた俺の体は大地から引き離され、どんどん約束の地から遠ざかる。

「く、クソォォォオオオ‼　もうちょっと、もうちょっとで海だったのに！　絶対に許さねえぞこのバカラスゥゥウウ‼」

じたばたともがく俺を咥えて飛ぶ黒き悪魔の先兵に、言葉は通じなくとも祈りが神に通じたか。

つるっと嘴《くちばし》を滑らせたカラスから俺は解放されたが、今度は重力が俺を放してくれないそうだ。

ははーん、持ってる男は辛《つら》いな？　つーかこれ落下先砂浜じゃなくて岩場じゃね？

「なるほど、祈り通じた先は邪神だったか……ぺぎょっ！」

まあ、死ぬよね。

「お帰りなさいませ、赤信号様。この度の生はいかがでしたか？」

「あー……、さすがは海にたどり着くだけで実績がもらえるだけあるわ、ウミガメ。三度目の挑戦でまだ海に出られねぇ」

ヤシの木が一本あるだけの小さな島の砂浜。

もう何度お世話になったかわからないそこに、手のひらサイズのウミガメが一匹。要するに俺だ。

ウェーブのかかった金髪ロングのナイスバディな人魚のアクアとやり取りするのも慣れたもの。

そんなことよりウミガメ難しくね？　俺の運が絶望的に無いだけか？

なんせ生まれた瞬間に先達の兄弟が穴を崩して生き埋めエンドはあるわ、真っ昼間に生まれたら海にたどり着く前に干物エンド、さらにさっきあったカラスや海鳥に攫《さら》われて食われるエンド。

うーん、生まれてすぐに死亡フラグ多すぎね？

「出生後というのは、本来とても危険な状態です。守ってくれるはずの母親は出産で疲労し、生まれたばかりの子は速く動かなければ外敵に捕食されます。人間ぐらいですよ、ろくに自力で動けないのに大声を上げて周囲の注目を集めるなんて」

せ、せやな……。

アクアってこんな風に人間に毒吐くこと多いけど、ＡＩを担当した人に何かあったんだろうか。

ちなみに、ウミガメが天国に見えるくらいド級の厳しさを誇るのがマンボウ。

マンボウは一度の産卵で三億個もの卵を産むっていうのは有名だよな？　そして、それだけ生んだところで大人になるまで生き延びられるのはせいぜい一、二匹だってのも。

そう、マンボウを卵から成魚までプレイするには当選確率三億分の一というクソみたいなガチャを当てなきゃならない。当然ながらほぼ不可能に近いので、ほかの生き物でもそうだがアクアに頼めば最初から成魚にしてくれる。

しかし、鬼のような試練を乗り越え、見事三億分の一になった豪運のプレイヤーには『ラオシャン』で最も解放が難しいと言われる『今ここにいる奇跡』の実績がもらえる。現在、この実績を持っているのは一人だけ。何がその人をそこまで突き動かしたのかはわからないが、『ラオシャン』が発売されてからずっとマンボウだけプレイしてたそうな。試行回数は五千を超えたあたりで何回かわからなくなったらしい。二万はいってないとか。

マンボウチャレンジが『ラオシャン』のエンドコンテンツと言われる所以《ゆえん》だ。

つーかマンボウ自体、なんで現存してるのかわからないくらい貧弱でヤバい。

俺も何度か成魚からマンボウやってみたけど、あれはアカン。ちょっと海面ジャンプした着水の衝撃で吐血するし、全力で泳いだら本気で死ぬ一歩手前まで行く。それにちょっとしたことですぐに体調壊すし、マジでハードモード。

リアルの水族館のマンボウもカメラのフラッシュでストレス抱えて体壊すらしいし。ガラスにぶつかるくらい鈍感なくせに何でそう心は繊細なんだ。

いや、マンボウはいいって。ウミガメウミガメ、とっとと実績解放しよう。

さーて、次こそは海までたどり着くぞー。


樹海に響く鳴き声。天を衝《つ》く山に舞う翼。草原を闊歩《かっぽ》する巨体。

雪山に潜む影。砂漠を駆ける脚。

全てを引き裂く爪、命を食らう牙。咆哮は大地を震わし、我こそが最強であると威を示す。

全ての生物の頂点種たる龍に挑むのは、鍛え抜いた身体に深い知恵を併せ持つ人間。

龍に比べればあまりに矮小《わいしょう》なその存在は、しかして無二の相棒を担ぎ仲間とともに覇たる者を狩らんとする。

我こそはと意気込む龍殺し達《たち》よ。

いざ征かん、戦いの地へ。

連綿と続く大人気シリーズ『ドラスレ』の最新作、堂々登場！

『Dragon × Slayer　X』、カミングスーン！


「赤ー！　『ドラスレ』やろう!!」

「あーさん、『ドラスレ』やりましょう!!」

「ええ……ようやく黒潮に乗れたんだけど……」

さあ旅の始まりだと思ったらこれだよ。お前ら俺んとこに来るためだけに赤ちゃん期間すっ飛ばしてウミガメになっただろ。卵から出直してきやがれ。

「だって『ドラスレ』だよ、『ドラスレ』！　これはもうやるっきゃないでしょ」

「そうです！　フルダイブの新作をいったいどれだけの人が待ち望んでいたことか！」

うるせえ。つーか『ドラスレ』が最後に出たのっていつだろう。俺が中学のときにフルダイブVRになったとかで世間を賑わせてたっけ？　そう考えたら結構前だな。

「青はともかく、きーちゃんは『ドラスレ』やったことあんの？」

俺が中学のときって、君は小学生だよな？

「前作は『ＩＲ』の前に一通りクリアしました。そしてこの間、新作前にリハビリもしてきました」

ああ、そう……。楽しそうで何よりです。

二人とも来週発売だからって興奮しすぎじゃね？　ビッグタイトルなのはわかるけどもうちょっと落ち着け。

「むしろなんで赤はそんなに落ち着いていられるの⁉　ゲーマーとしてマストタイトルでしょ」

「いや、ゲームは面白いと思うよ、うん。俺も前世代機のタイトルはやってるし」

「「じゃあ、なんで⁉」」

ハモられてもなぁ……。

『ドラスレ』に食指が動かない理由？　そんなの簡単だ。

あれが仲間とともにギルドを組んで強敵に立ち向かえ的なMMORPGだからだよ。

Dragon × Slayer、略して『ドラスレ』。俺の親父が高校生くらいのときに初代が発売され、各世代のハードで少なくとも二タイトルは出している超人気ゲームだ。

巻ではゲームをしたことがないのなら、とりあえず『ドラスレ』やっておけと言われているほどである。

超簡単に説明すれば、旅をしながら世界に蔓延《はびこ》る龍を討伐してレベルアップでキャラのステータスを上げてスキルを覚え、ドロップアイテムで武器の強化をしたりする、いわゆる王道のアクションRPGだ。

そんな古典的とすらいえるアクションRPGがどうしてそんなに人気なのか。それは武器とスキルの豊富さと言えるだろう。

同じ武器は二つとないし、同じスキル構成も二つとない。全員が唯一無二になる。それが『ドラスレ』の魅力だ。

武器は己の分身であるというのが『ドラスレ』の芯であり、プレイヤーがどんな龍をどんな風にどれだけ狩ってどう強化したのかで武器は千差万別の変化を見せる。

スキルもそう。どんな戦闘スタイルで戦っているのかで習得できるスキルがガラッと変わる。中には『大槌《おおづち》を担いでいる状態で蹴りを多用する』という難解を通り越して意味不明な習得条件もあるのだ。

流石《さすが》に前世代機ではある程度似た構成になることはままあったが、フルダイブVRという新天地を手に入れた『ドラスレ』は弾けた。

例えばAさんがBさんの戦闘スタイルを真似ても同じスキルが出るとは限らなかったり、全く同じレシピで武器を強化しても出来上がりが変わったりと、本当に全てが唯一無二となったのだ。

わかりやすくフルダイブVRである前作『ドラスレ』のキャラ成長の例を挙げよう。

ここに二人のプレイヤーがいたとする。

二人とも初期武器は大剣、最初に選んだスキルは両手武器を片手で扱うときにペナルティを減らす『剛腕』と龍の咆哮や威嚇による萎縮をある程度軽減する『胆力』だ。

さて、このうち一人のプレイヤーのバトルスタイルは茂みに隠れて龍に近づき、油断しているところを弱点に渾身《こんしん》の一撃をかまし、あとは大剣の持つ一撃の重みを生かすヒット&アウェイタイプ。

火龍を気に入ったのか、頻繁に戦ってそのドロップアイテムで武器を強化していく。

もう一人はというと、多少の被弾も構わず前に出て戦い、ダメージレートで相手を上回ることを勝ち筋として攻撃の手を止めないタイプだ。

類は友を呼ぶのか、ブレスや特殊な能力に頼らない肉弾戦に特化した龍と戦うことが多く、これの素材で武器を強化していった。

結果、一人目は『隠密《おんみつ》行動』『断頭』『一剣入魂』『雀蜂《すずめばち》の一撃』といった不意打ちにプラス補正を入れたりするスキル群を習得。さらに武器は強い火属性を得て、分厚い刀身の処刑人が持つ剣を彷彿《ほうふつ》とさせる形となった。

二人目は『強靱』『連撃の刃』『金剛体』『獅子の心』といった前線で殴り合うためにタフネスを強化するスキル群を習得。武器は至近距離での行動に最適化され、幅広だが若干短くなった。加えて自然回復力強化という武器スキルを得て継戦能力がさらに向上した。

と、まあこのようにプレイスタイル一つで全く別のものになるわけだ。

この成長システムのおかげで、全てのスキルを網羅した攻略サイトは存在しないと言われるほど。さらに言えば『何がトリガーとなってスキルを習得できたのか』が明示されないため、ステータスが問題なのか、行動が問題なのか、それとも特定のスキルがないと駄目なのか、それすらもわからない。強いて言うなら、スキルの説明文からなんとなく読み取れる程度。

素の自分でプレイしたときとキャラを意識してプレイしたときとでも全然違ってくるので、ファンタジー世界に生きる自分を作るもよし、自分のこうありたいと思うキャラを演じてみるもよし。

しかし、俺にとってそんな魅力的なあれやこれがまとめて吹き飛ぶ要素がある。何を隠そうパーティプレイとギルドの存在だ。

『ドラスレ』においてプレイヤーは龍狩りと呼ばれる存在となり、各地で猛威を振るう龍を討伐したり、村や町の人々から依頼を受けたりする。そしていつの間にか大きなうねりに呑まれ、世界の存亡を賭けた戦いに……というテンプレ的ストーリーだ。

敵である龍は強大で、ものによっては人間の軍隊など蹴散らしてしまう。そこで特殊な武器と能力を持つ龍狩りの出番なのだが、この龍狩りとて一人で龍と戦うのは厳しい。

となれば答えは一つ。そうだ、パーティ組もう。別に組んでも組まなくても敵の強さが大して変わらないなら、大勢で戦った方がいいに決まってるんだよなぁ？　人間なんだもの、数は力だよ。

で、ＭＭＯＲＰＧおなじみのギルドがあります。正確には猟団っていうんだけどね。まあ、別に入らなくてもいいんだけど、入った方が特典が多いのは当たり前なわけで。

具体的に言うと猟団単位でないと挑めない特殊な龍がいたり、猟団に入ってないと受注できない依頼があったり。アイテムのトレードも基本的には猟団員同士でしかできない。

あのな……俺、そういうの苦手なの。もうほんとな、俺ちゃんコミュニティに属することが苦手なんだわ。

みんなと一緒に時間合わせてログインするとか、情報はみんなで共有しようとか、リーダーの言うことは聞けとか、なんでお前だけ先に進んでんだよとか、なんでお前だけレアドロしてんのとか、もうほんとそういうのいや。聞いてるだけで心が荒《すさ》む。

そういうのばっかりじゃないとか知ってるけど、顔も見たことない人が妙に近い距離間で話してくるのとかもいいや。まだ全員無言の方がマシ。

前作を除いて今までやってた『ドラスレ』シリーズは全部オンラインサービス終了してたから気楽なソロ龍狩りだったけど、今回ばかりはそうはいかんでしょ。

「と、いうわけだ。わかったか」

「えぇ……。僕らとすら一緒にプレイしたくないの？」

「それは少しショックです……」

「別にお前らが嫌いなわけじゃないから」

俺は確実に自分しかいない猟団を作る。頼めば二人は入ってくれそうだけど、それはそれで二人に迷惑だろう。青もきーちゃんも、人がいて活気ある猟団に入った方が楽しいだろうし。

そして、サークルに入っているわけでもバイトしているわけでもない大学生の俺と、同じ学校でもモデルという仕事をしている青と、脱引きこもりをして華の高校生活を送っているきーちゃん。同じ時間にログインするのが難しいとまでは言わないが、それでも進捗状況に差が出るのは確かだ。

「うーん……ねえ、赤。君は自分だけが友達少ないみたいに言うけど、実際のところ僕もほとんど友達いないよ？」

「マジ？」

「うん。知り合いだとか仕事の付き合いだとかは多いけど、こうやって一緒にゲームするような友達はほとんどいないね。まあ、それでも赤とは違って野良パーティとかギルドに入るとかに抵抗はないけど」

今明かされる衝撃の真実。あー、でもそうか、話す人全員が友達ってわけでもないし、むしろ公私をきっぱり分けているならそうなることもあるか。

モデルというガンガンに顔出ししていく仕事だからこそ、趣味ぐらいは一人でやりたいとかでも不思議じゃないか。

「私も、同じレベルでゲームしている友達はほぼいません。少なくとも『ＩＲ』でハンドメイドパーツを作れる女友達はゼロですね」

「知ってる。ランキング上位レベルのＪＫがごろごろいるとか想像すらしたくないもん。どんな魔境だその学校」

そういえば、青は『スラクラ』やってるときも個人戦なのにフレンド同士でつるんでるやつらにブチギレて談合サテライトキャノンぶっこんだわけだし、きーちゃんはきーちゃんで話題が共有できないなら独りでいいわとばかりにランキングで自分の力を見せつけることばかりしていた。

なるほどな。俺を含めて、この三人はそもそもソロプレイヤーばっかりなんだ。性能差こそあれ、ある意味では全員ぼっちといってもいいかもしれない。誰が俺だけ低性能ぼっちだ、やんのかコラ。

「だからさ、好き勝手やればいいんじゃない？　気が向いたらみんなでやればいいし、気が向かなかったら一人でやればいいじゃん。それがいやならそもそも赤とつるんでないんだよね」

「私もそうですね。別に進捗とか気にしませんし。むしろバラバラでやってる方がいろんな情報が集まって楽しくないですか？」

「わかったわかった、俺も『ドラスレ』やるよ。そんで、みんな好き勝手やろう。もし手伝ってほしいとかあったら協力する感じで。それでいいんだろ？」

異議なしと二人の賛同を得て、次のゲームが『ドラスレ』に決定した。

『Dragon × Slayer X』の発売日。一週間前という割とギリギリで予約したが無事に手に入れることができてよかった。

『ドラスレ』みたいな超人気タイトルだと、予約分だけでいっぱいいっぱいとか普通にあり得るから当日任せはダメだって青ときーちゃんにすげぇ念押しされた。そうだね、俺って新作ゲームをすること自体ほとんどなかったからそういう考えが薄いんだよね。

じゃ、さっさと始めますか。

VRギアにゲームカードいれて、と。すっぽりギアをかぶってワン、ツー、スリー……。

はいはい、初めからやるよセーブデータなんかないからね。キャラクリ？　そんなもんデフォルトだデフォルト。モブ顔の俺でもどうせいい感じにそれっぽく修正してくれるんだからいいんだよ。あ、髪だけ赤くしといて。

プレイヤーネーム？　そんなもん赤信号だよいつも通り。悩む必要ナッシング。

そんで次は武器ね。大剣、双剣、盾と剣、大盾、槍《やり》、大槌、斧《おの》、弓、弩《いしゆみ》。

まあ、龍を狩る装備だし重量系が多いのは妥当だな。よくRPGの格闘家が拳で龍と戦うけど、冷静に考えたら正気の沙汰じゃないよな。

それにこれが基本の形ってだけで、最終的に『大剣を名乗るよくわからない何か』になるんだろうし、普通に好みで選べばいいだろ。

はい、そういうわけで斧。バトルアックスっていうのかな？　長めの棒の先に片刃の斧がついてて逆側がピックみたいになってるやつ。大槌とちょっと悩んだけど、まあいいでしょ。気に入らなければやり直せばいいし。

初期スキル？　どうせ自分に合ったスキルが勝手に生えてくるのが『ドラスレ』だからなあ。まあ適当にいい感じのやつ。ていうか候補多くね？　初期スキル三個を五十個から選べってお前、優柔不断なやつならこれだけで一時間くらい消えるぞ。

そういうわけで選びました。叩きつける攻撃が強化される『剛撃』、跳躍力が強化される『兎《うさぎ》跳《とび》』、視野が広くなる『鷹《たか》の目』の三つ。選んだ理由は順番に斧と相性良さそう、ジャンプしてから叩きつけたら強くね？　一人旅はいかに早く敵を見つけるかだから。

はいキャラクリ終わり。所要時間約五分。他人と話すときはうじうじ悩むけどこういうのはなんでかスパッと決められるんだよなぁ。

てなわけで始まりの町（王国首都）に到着。さすがは発売日、右を見ても左を見ても人、人、人！　人口密度すごいことになってんだけど大丈夫かこの町。満員電車とまではいかないけど高校の教室くらいの人口密度だぞ。油断してるとぶつかるし足踏まれる。

あーなんか気持ち悪くなってきた。さっさとチュートリアル的なあれこれ終わらせて町から出たい。他人の顔より龍が見たい。

この人ごみの中でこの国の龍狩り本部に行かないといけないとかマジ？　だったら最初から本部にスポーンさせてくれよ。

もうこの町自体が流れるプールみたいになってるもんな。みんな行先一緒だから、自然と流れができちゃうわけで。ここで流れを無視してズンズン進むやつがいないところがやっぱ日本サーバーだよな。右へ倣え精神が心と体に染みついてんよ。まあ、秩序立っていていいことだけど。

行先間違わなくていいけど、これ龍狩り本部にたどり着くまでにどれくらいかかるんだろう。そして本部に着いてから龍狩り登録して武器を授かるまでにどれだけかかるんだろう。

人気すぎるゲームも考えものだよなぁ。オンラインサービスが終了してたら町の中でブレイクダンスのモーションしようが咎《とが》める人なんていないもん。

半分上の空のまま、ただ流れに身を任せて目的地に着くのを待つことしばらく。ようやく龍狩り本部での諸々《もろもろ》の手続きを終え、龍狩りの証《あかし》である武器をもらった。

この武器は生きているという設定らしく、作製時に使用者の血を混ぜているため本人でなければ使えないそうだ。また、武器の強化も言い換えれば武器に餌やって成長を促しているようなものらしい。

別にしゃべりだしたりするわけじゃないから生きてようが死んでようが変わらないっちゃ変わらないけど。つーかさ、この武器を作るのに魔法や呪術の類を使ってるらしいけど、その割には魔法使いっていうバトルスタイルはないんだよね。なんか理由があったような気がしたけど忘れた。

ゲームのお約束？では武器とその辺の店で買える一番安い防具がもらえるけど、『ドラスレ』では防具の概念はあってないようなものなので特にもらえなかった。

防具の概念が薄いというのは、圧倒的な龍の力の前では全裸と鉄の防具に大差がないので、龍の素材で作られた服で属性耐性やスキルの効果を高めるというのが主流だからという設定によるものだ。なので鎧《よろい》っぽい見た目の服とかもあるけど、防御力が上がるということは無い。

じゃあなんで龍の攻撃を耐えられるのかというと、それはただ単純に龍狩りの体が異常に頑丈だからだ。レベルアップするとさらに頑丈になるので、それがイコール防御力である。

おかげで『防御力は高いけど壊滅的にダサい』防具を着る必要が無いのは嬉しい。龍の素材で作られた服は、仕立て屋に頼めば割と好きな見た目に変えられるし、気に入った形があればアップグレードだけで済ませることもできる。

さあ、ようやく全てが終わったぞ。背にはでかい斧、服装はＲＰＧの定番旅人の服（マントあり）。いやあ、これから龍を狩りつつ世界を旅する生活が始まりますよ。

始まらないな。うん、始まらない。全然始まらねぇわ、旅の生活。

なるほど、これが噂《うわさ》に聞く開幕ラッシュか。そりゃそうだ、始まりの町が人でいっぱいなら始まりの草原も人でいっぱいに決まってらぁな。

なんか流れるプールっていうより人口過密地域の海水浴場みたいだ。決まった流れがないからその分バラバラに動く人があっちこっちでぶつかって全体的に停滞している。

叩いてつぶして切り刻みますっていう、自己主張が激しいデカい武器を背負った龍狩りがうぞうぞいるのは筆舌に尽くしがたいすげえ光景だな。

うーん、これはもうどうしようもないにしろ、ちょっと行先を考えた方がいいな。せっかく今回の『ドラスレ』は決まったストーリーがないんだから。

そう、なんとこの『Dragon × Slayer　X』、個人個人で全然違うストーリー展開になるんだそうだ。全く同じように動けばともかく、どこの誰にどんな時期にどんな話をしたかでどんどん変わってくるんだと。どんなフラグ管理してるのか、考えただけでも頭がいかれそうだ。

一応の目標は、この世界に生息する全龍の頂点に君臨する『八大龍王』を狩ることらしいけど、人によっては特別な龍を狩ることになるかもしれないとか発売前の開発者インタビューで言ってたな。それにアプデで新たな龍が追加されたりレイドボスも出現したりするそうな。ちなみに、今作では1パーティはMAXで四人だが、レイドボスはボスによって2～16パーティでの攻略になるらしい。

また、レベル的な指針はあれどこのゲームは初めからどこにでも行けるらしい。極端な話、場所がわかっているのなら始まりの町からすぐに八大龍王の塒《ねぐら》に殴り込むのも不可能じゃない。ステータスとスキルの充実度的にほぼ無理だろうが、一度も攻撃に当たらず相手が死ぬまで何千回何万回と殴り続けることができればやれるんじゃないかな。

とりあえず、目標を大多数の人が行く先からずらそう。こちとらただでさえコミュ障拗らせてるのにこれ以上人に揉《も》まれていたら気が狂いそうだ。

適当な木陰に隠れるように座り、始まりの町（アグニ王国首都アグニス）のチュートリアルでもらった世界地図をばさっと開いて行先を決める。アホほどいる龍狩りがスポーンしたモンスター（一応龍以外にも敵対モンスターはいる）を駆除してくれるから、周辺の警戒とかどうでもいいわ。

「えーっと、なになに？　ふーん、アグニ王国は割と西側なんだな。んん？　東にあるこの形の島国ってモロに日本じゃん、名前もヤマトだし」

ようやく声を出せて僕幸せ。周りに常に人がいたからおいそれと独り言も言えなくてストレスフルだったもん。

ああ、地図、地図。んで？　北と南にも割と先があるな。南には群島国家か、この辺は海龍とか多そう。北の方は山まみれだし、獣っぽい龍がいるのかな？

うーん、悩ましい。けど俺はせっかくだからヤマトを選ぶぜ！　やっぱね、なんだかんだいって日本人ほど忍者と侍に憧れるんだって。あ、俺は武器が斧だから金太郎か。まあいいじゃんそれでも。

決して大多数の人が西へ流れていっているからではない。断じて否である。

そうと決まればいざ征かん東の地、日の出ずる国ヤマトへ。

東に向かう道すがら、適当にクエストこなしつつ行けばええんでね？　ヤマトにつく頃にはスキルも揃っていっぱしの龍狩りになってるでしょ。

「あっちが町で言われた村だろ？　早く行こうぜ！」

「待てよ、ケータ！」

「なー、ちょっと人多すぎねー？」

「俺らもその多い人のうちの一人だけどな」

行先が決まったので、大半の龍狩りたちに背を向ける格好で東に向かって歩き出すと、四人の龍狩りとすれ違った。どうやら初日から友達同士でやっているみたいで、見事に背負う武器がバラバラだった。多分始める前から俺はこれ僕はこれと相談したんだろうな。うんうん、はしゃぎっぷりが眩しいな、高校生かな？

しかしそれを羨ましいとは思わない。旅は道連れ世は情け、といつぞやの人は言ったらしいがそんなもん知るか。一人旅ほど気楽なもんはない（安全が確保されている場合に限る）し、世は情けじゃなくてギブアンドテイクだ。まあ、つるみたくなったら青やきーちゃん呼べばいいし。

うーん、背負うものが武器以外にないってのは、身軽だなぁ。

「うおおおお‼　死ぬ死ぬ死ぬ！　バカやめろお前、人間は数トンの体重を持つ生き物に踏まれたら死ぬんだぞ！　あ？　殺すつもり？　知っとるわボケ、俺もお前をぶっ殺しに来てんだよ頭出せカチ割ったらぁ‼」

龍が全体重をかけた前足での踏み付けを間一髪躱し、反撃に斧を振るうが掠っただけ。

お互いに一歩引いて体勢を立て直す。胸の前で構えた斧越しに相手を見やると、向こうもこちらを敵意のこもった目で見ていた。まあ、殺し殺されなんだから当然だな？

巨大な狼《おおかみ》のような姿をした四足歩行の龍である『キバガミ』は牙を剝いて唸《うな》っていて、まだまだやる気満々のようだ。俺も全身ズッタズタのボッロボロだけどやる気は萎えていない、なぜならこいつを倒せばようやくヤマトに入れるからだ。

長かったなぁ、ここまで来るの。『ドラスレ』はレベルの上がりは速い方とはいえ、気付いたらもうレベル60後半だよ。そんで大陸東端から船でヤマトについたと思ったら、いろいろ難癖付けられてヤマトの地を踏む資格はないとか言われてさぁ。

ぶっちゃけ俺のやり方が変なだけで、普通にやれば特に何もなく入国できるらしいけどさ。何がどうなってこんなことになったんだろうね？　いろいろめんどくさくなって密入国しようとしたのがダメだったのかな？

おっと危ない、余計なこと考えていたら目の前に開いた顎が迫ってるじゃないか。ふむ、後ろに下がっている暇はない、と。だったらしゃがめばいいじゃない。

キバガミが俺を食いちぎろうと顎を閉じる瞬間、ありえない速さでリンボーダンスのようにスウェー回避する。当然避けるだけでなく、がら空きになった喉に斧の一撃をお見舞いだ。大丈夫、スキルのおかげでこの体勢でもちゃんと戦える。若干力は入らないけど。

ありえない速さでの回避からあり得ない体勢からの反撃を喰らった相手が怯《ひる》んだ隙に、上体を今度は前のめりにして敵の懐に滑り込む。

相棒を構えて限界まで足に溜めた力を一気に解放。地を踏み砕かんばかりの脚力が俺の体を天へと飛ばす。まあ、天より先に奴《やっこ》さんの喉にぶち当たるんですけどね？

「ッゴ、ゴガ！　ガァァ⁉」

ケケケ、アッパー攻撃に強い補正が入る『大昇撃』と跳躍力大強化の『飛天』を組み合わせたこの攻撃は効くだろう？　神速のリンボーダンスも『兵進低頭』のおかげさぁ。

なんせ初期スキルが『兎跳』だったからな、ぴょんぴょこ飛んでたおかげで打ち上げと打ち下ろしに補正が入るスキルが育つのなんの。『兎跳』も『宙駆』を経て『飛天』に成長して、今ややろうと思えば垂直跳びで五メートルくらいは楽勝で飛べるし、二段ジャンプはおろか高度限界はあるけど無限ジャンプもできるぞ。

「隙を見せた龍を見逃すほど、龍狩りは人間出来てないんでね！」

喉という呼吸と咆哮になくてはならない重要な器官を二度も痛打されたことにより悶絶《もんぜつ》するキバガミに、追撃の刃を遠慮なく振るう。

度重なる強化によってもはや斧と言っていいのかよくわからない相棒が荒れ狂う。なにせ持ち手となる棒の上下に、かなり湾曲した片刃の斧が互い違いの向きについているのだ。これはむしろ槍や変則的な双剣のカテゴリーでは？　と思いながらも、両剣ならぬ両斧となった相棒を渾身の力で叩きつける。いやほんと、振り方に気をつけないと反対側の刃で自分斬るからね。

斬撃というよりは打撃に近い斧の攻撃はそれぞれの刃で交互に敵に襲いかかる。各種補正のかかるスキルの手伝いもあり、ゴキッ！　ボキッ!!　メシャッ！！！っと鈍い音を響かせながら龍の外皮を断ち割っていく。

「死ぬほど手こずらせやがって、これで終わりだぁぁああ!!」

怒濤《どとう》の攻撃で動きが鈍くなったキバガミにとどめのフィニッシュブロウ。持ち手の真ん中を持って勢いよく回転させた武器を渾身の力で叩きつける猟技『過重撃《旋風》』が頭部にクリーンヒットする。

確かな手応えとともにキバガミはどう、と倒れた。さすがに無いとは思うけど死んだふりの可能性をぬぐい切れないので、相棒を構えて警戒を続ける。

しばらくの間ぴくぴくと動いていたキバガミは、最後に消え入るような微《かす》かな声で吠えたのち、完全に動かなくなった。

「よっしゃあ！　これで俺もヤマトに入れるぞー！」

なっはっはっは!!　どんなもんじゃぃ！

ここまでたどり着くのにリアル時間でほぼ二週間かかったからな！　マジで疲れ申した。記念にキバガミが消える前にスクショとっとこ。

お？　キバガミを倒したことでレベルアップだ。これでレベル68、MAX99だから、もう結構きたな。ステータスの割り振りはいつも通りSTR（筋力）に多め、DEX（俊敏・器用さ）に余りを振る。おお、新しいスキルも生えたな。とりあえず取捨選択は保留で。

ドロップアイテムは……キバガミの牙、爪、毛皮、尻尾、骨。まあまあそんなもんだろ。キバガミは俊敏に動くタイプの龍だったからな、これで服飾品を作ったらDEXに補正入らないかな？

特別なドロップアイテムとしてキバガミの下顎骨を手に入れた。これをヤマトの港長に見せることでようやく自由にヤマトを歩き回れるってことだ。現状では港とキバガミの山しか行き来できなかったからな。

ああ、長かった旅路が思い浮かぶ。

いろんな港町にヤマト行の船便はあれど『資格を持っていない』とかで全然乗せてくれないし、そんなら陸路でギリギリまで行ったらぁ！　と意地で突き進み、必死の思いで大陸東端に来ても同じようなことを言われて……。

最終的にプッツンきて船に忍び込んで密入国、ヤマトまでは来られたものの港で見つかりクッソ怒られた。結局、二日以内にキバガミを倒せるくらいの実力があるなら入国を認めるとか言われたのであのクソワンコとじゃれ合ってたというわけだ。

マジでキバガミは面倒だった。

何が面倒って単純に強い。ブレスや特殊能力に頼らず、ただただ恵まれた膂力と俊敏性でこちらを追い詰めてくる。こういう単純なガチンコは一対一だととても辛い。なにせ向こうも特殊能力がない分堅実に淡々と攻めてくるから、さっきみたいに虚を衝いた一撃が入らないとひたすらじり貧だ。

最終的に勝てたからいいけど、次やっても勝てるかどうかは微妙だな。回復アイテムの類もほぼ使い切るくらいの激戦だったし。

だけどそんなことはどうでもいい。さっさと港長にこのどうやってバッグに入っているのかわからない大きさの骨を突き付けてやろう。そんで正式にヤマトに入国だ！

「ま、まさか、本当に一人でキバガミを倒すとは……」

俺が差し出した顎骨を受け取ったちょんまげの港長がなんか驚愕してる。

なんだ？　どうせクリアできっこないって高を括《くく》ってたか？　だったら残念だな、ゲームである限り（負けイベを除き）越えられない障害などないのだ。どんな敵も死ぬまで殴れば死ぬ。問題はそれを成し遂げるまでに自分の心が折れないかどうかだ。

「ううむ。夢でも見ておるかのようだが、この骨は紛れもない実物。なれば力を示した強者には敬意を払うべきか。……うむ見事！　まことあっぱれな武人よな！」

バッッ！と扇子を開きはっはっはと笑う港長。うんうん、俺ってすごいだろ？　だから出すもん出せハゲ。

「ヤマトは和と武を重んじる。それゆえ、信頼できる仲間もいない龍狩りは入国を拒否するのだが……いやはや、貴殿のような優れた武人であれば独りでいるのも頷けるというもの。約束通りヤマトへの入国を正式に許可しよう」

これを、と渡されたのは手のひらサイズの木製の円盤。表面にはさっきまで戦っていたキバガミの雄々しい姿が彫り込まれている。

「それは試練を越えて武を示した強き者にのみ与えられる特別な証。それを人目につくように身に着けておけば、ヤマトの大抵の場所には出入りできよう。ただし、その力を見込まれて厄介な依頼が舞い込むかもしれぬが、それは受けるも流すも好きにされよ」

ああ、これあれだな。分岐したな。

港長の話からするに、ヤマトは通常だと一人では来られない場所みたいだ。でも俺のように無理やり入国すると試練が課され、無事クリアできれば「優れた武人」として特別視されるルートに入るようだ。

なるほど、そりゃ資格がないって言われるわ。『ドラスレ』始めてからこの二週間、ガチで一人旅してたもんな。青ときーちゃんも好き勝手やってるみたいだけど、まだ一緒にプレイしてないし。二人ともみんながびっくりするようなキャラ作ってやるって息巻いてたっけ。

まあ、そういうことなら、適当に腰にでもぶら下げときますかね。

港長の話も終わったし、ぶらぶらヤマトを観光しますか。

港の役場を出て、ひとまず龍狩りの支部がある一番近い町へと向かうことにする。場所はこちらが聞かずとも港長が教えてくれた。この港町から出て西の方へ一日ほどだそうだ。

いやあ、このゲームは景色の作り込みもすごいから、ただ歩いているだけでも楽しいんだよな。散歩に飽きたら龍と殺し合いすればいいし。

澄み渡る青空の下、人が踏み固めただけの道がどこまでも延びて、草原の中に小川が流れている風景なんて現代日本だともう見られない。うーん、キバガミとボロ雑巾一歩手前になるまで戦っていたせいで荒んだ心が癒されますなぁ。

ゲーム内時間で六時間ほど歩き、すっかり真夜中になってしまった。目的の町はまだまだ先なんだけど、しょうがない。ここで野宿だな。

野宿とはいっても特に面倒なことは無い。何でも入る魔法のカバンから野営セットを取り出して、焚火《たきび》を熾してテントを張るだけ。やろうと思えば自分で全部できるけど、モーションアシストを入れると勝手に体が動いて全部やってくれるから超楽。

野営セットを使っているプレイヤーは周囲から切り離された若干ズレた次元にいるのか、寝ているときに龍に襲われたりしない。野営セットを持ち寄れば仲間同士でキャンプもどきもできるぞ。俺はしたことないがな。

別に夜寝なくてもいいと言えばいいんだけど、よほどの強行軍をしているか夜行性の龍を狙う以外ではあまりお勧めしない。龍狩りも人間だから、ある程度体を休めないとパフォーマンスがどんどん落ちていくからだ。最低限ゲーム内時間で三時間も寝ればいいからそんなに手間というわけでもないしね。

賛否両論あるこのシステム、一説には半強制的にゲームを止めさせることでフルダイブ中毒の防止を狙っているとのうわさだ。ゲームに熱中しすぎて栄養失調になったり脳を酷使しすぎるプレイヤーがいるからな。フルダイブ中は体は寝ていても脳はむしろ普段より動いているから、油断すると知らず知らずのうちに……ってことが稀《まれ》によくある。

まあ、要するに何もできない時間がいやなら、ログアウトして飯でも食ってこいということだ。セーフティタイマーもあるけど、アレ、無効化するアプリやなんやらが結構出回ってるから割と無視されるらしいんだよな。俺は飯食いっぱぐれたりしたくないから普通にタイマー使うけど。

俺としてはゆっくりステータスの確認や武器を見返す時間として重宝してる。ゲームの中で疲労とかはあんまりないとはいえ、やっぱ腰を落ち着ける時間は欲しいし。

テントの中に寝そべって、空中に開いたステータスウインドウを眺めるのは楽しいんだよなぁ。

「そういえば、キバガミ倒したときにスキル生えたんだっけ。もう限界数だからなぁ、何か消すか取得を諦めないと」

次から次にスキルが生えてくるのがこのゲームの醍醐味なんだけど、やっぱり保持数に限りはあるわけで。十五個のスキルと八個の猟技（必殺技みたいなもん）をやりくりしなきゃならない。龍狩りの支部に行けばスキルを思い出すこともできるから、気になったらとりあえず覚えてみればいいんじゃないかな。

「そんで？　覚えたのは……『牙狼龍の健脚』？　説明文からするに、キバガミを独りで倒すのがトリガーなのか？」

牙狼龍の健脚：険しい山を駆け巡り、生い茂る木々をすり抜ける、東の島国の山を統べる牙狼龍。牙狼龍が真に誇るは全てを切り裂く爪牙ではなく、獲物を逃がすことの無いその脚であったことを、一対一で戦った龍狩りはしかと見て取った。

効果：山岳地域と森林地域でＤＥＸに大幅な上昇補正。逃げる相手を追う場合、移動速度上昇。

「おお、結構いいなコレ。一人だと逃げる相手を追いかけるの難しいからありがたい」

だったら、今移動補助系で使ってる『伝令走り』と替えるか。武器をしまって走る限り移動速度が少し上昇という地味に助かるスキルだったけど、ヤマトは山林が多いみたいだし『牙狼龍の健脚』の方が役に立ちそうだ。

「そんで、相棒の方はっ……と」

武器である両斧とでも呼べばいいのか、とにかく相棒の情報を確かめる。キバガミの素材を食わせて強化するべきか考えないとな。

《回天斧【絶渦】》

ただでさえ武器の中でも重量級である大斧を改造した奇異なる武器。回転させながら上下両端に

取り付けられた刃を次々と叩きつけるその姿は、さながら荒ぶる渦のよう。一度この渦に呑まれれば、天を舞う龍すら逃れる術はない。
基本攻撃力【124】
属性【無】

それぞれの斧刃で交互に攻撃を当てる度、回数に応じて上昇する追加ダメージ。

斧をぐるぐる回しながら戦っていたらこんな姿になっちゃって……。懐に潜り込まれたときとか、とっさに柄の方で殴ったりすることがよくあったからなあ。それにSTRを重めにステ振りしたけど、一撃より連撃派だったし。

なんにせよ、割と気に入ってはいるけどね。

そして相棒の情報画面を開いたまま、キバガミの素材を相棒に供えるように置いて強化画面に進む。そして示された強化先は……。

《回天斧【牙神】》
遥か東国の山林に君臨する牙狼龍を喰らった、回天斧の新たな姿。連なる牙の如き刃が敵に食らいつき、千切り裂く。山の王の怒りは止むこと無く、怒濤の連撃の前に敵対する者はことごとく微《み》塵《じん》と化す。

基本攻撃力【152】
属性【無】

それぞれの斧刃で交互に攻撃を当てる度、回数に応じて上昇する追加ダメージ。

常にDEXに上昇補正。

おおお、結構強くなるじゃん！　無条件でDEXに補正ってスゲーな、おまけとしては文句ないわ。こりゃもう迷うことなく強化一択よ。

でもこれ、攻撃力の上がり方を見るに、キバガミはどうやら適正より一段階上の龍だったっぽいな。さすがに30近く一気に上がるのはおかしいもん。あー、それで港長のおっさんがびっくりしてたのか。

んで、俺自身はっ……と。

赤信号Lv68
所属猟団【無所属】
HP　720／720
STR　163
VIT　61

DEX 121
CON 59
INT 56
【スキル】
『鷹の目』『飛天』『大剛撃』『兵進低頭』『獅子の心』『連撃の極意』『隠密の心得』『ハイエンド・アローン』『大昇撃』『メイルストローム』『逃走本能』『ダンス・オン・デッドライン』『群龍を制覇せし者』『毒龍抗体』『牙狼龍の健脚』
【猟技】
『過重撃・旋風』『瞬撃・双牙』『エアリアル・ホイール』『万斧不当』『流星一墜』『リバースフォール』『ドラグアーツ・爆崩』『ドラグアーツ・絶爪』

うむうむ、なかなかいいんじゃないか？　筋力と速さがあれば大概何とかなるんだよ。

ＩＮＴが最低値だけど、脳筋に脳味噌要らないし。たしかＩＮＴが高いと鑑定アイテムがグレードの良いものになりやすかったり、ＮＰＣからの信頼を得やすくなったりするらしいけど俺はいいや。欲しいものが出ないなら出るまで狩ればいいじゃない、ＮＰＣとの信頼なんて無ければ無いでいいじゃない。

スキルは行動補助系と攻撃系がトントンかな。特に上下の刃で順繰りに攻撃すれば追加ダメージが入る相棒のため、攻撃がヒットしてから一定時間内に次の攻撃を当てることで攻撃力が上がる『連撃の極意』と武器の回転動作が速くなる『メイルストローム』は外せない。

群龍ランツクネヒトを討伐したときに獲得した『群龍を制覇せし者』は、自パーティの人数より多い敵に囲まれたとき、全ステータスに上昇補正がされる。パーティが自分だけの場合に全ステータス強化の『ハイエンド・アローン』と合わせて、ほぼ常に一人である俺にとって最高のスキルだ。

毒龍ヒドラを倒して得た『毒龍抗体』は毒や猛毒を完全に無効化する。こういう状態異常無効化って、治療中に守ってくれる仲間がいない俺には超重要なんだよな。

猟技は一撃の重さ、取り回しの良さ、対空攻撃、対地攻撃、そして必殺の一撃とバランスよく組んでいる。

特定条件を満たして龍を討伐すると習得できる特殊な猟技『ドラグアーツ』。龍の二つ名をそのまま名前としたそれは、一日に一回しか撃てない。そのかわり劣勢を覆す切り札足りえる威力を誇る、ここ一番の大技だ。けっこう取得が難しく、俺の場合は爆崩龍ファークライから得た『爆崩』と絶爪龍ドゥムズレイから得た『絶爪』の二つだけ。

スキルの方はもうちょっと何とかしたい。特に初期から何も変わらない『鷹の目』とか、いまだ極意にならない『隠密の心得』とか。でもソロだとないと辛いんだよなぁ、こういうスキルって。

まあ、青やきーちゃんとパーティ組むことがあったら、そのときはスキルを替えたらいいか。

よし、じゃあ寝ますか。ゲームの中で睡眠までできるってすごいよなあ。意識だけ仮想空間に飛ばせるこの時代、凡人の俺にはわからんけど、もはや何でもありなんだろうな。

とりあえず、明朝までおやすみなさい。


「おー、ここが『マイカゼ』の町か」

野営を畳みさらに歩くこと数時間。港町で教えてもらった龍狩りの支部がある町『マイカゼ』にたどり着いた。町の大きさとしてはそこまで大きくないが、一通りの施設は揃っているらしいので問題はない。

とりあえず町に入ろうと門をくぐったとき、門番だか衛兵だかの槍を持ったおっちゃんに引き留められた。

「待たれよ、そこのお方。その腰に下げている木盤、『キバガミの試練』を乗り越えられた龍狩り殿とお見受けいたすが、いかが？」

うぉーい、さっそくですか！　あんたよく俺が通り過ぎるちょっとの間に目ざとく見つけられたな。

いやゲームだからっていうのはわかるんだけどさあ、この手のやつってなんでみんなわかるんだろうな。門番になるための資格試験でもあるのか？　『次の紋章を持つ人間はどのような者か答えよ』的な？

「あー……はい。そうです」

フルダイブ始めたばかりのときはいちいちNPCにもビビってたけど、相手がプレイヤーじゃなければもう慣れたもんよな。ゲームシステムだと割り切れば何とかまあ会話らしきことくらいはできる。

「おお、やはり！　で、あれば是非ともこの町の長のところへ御足労願いたい。なんでも、腕の立つ龍狩りに依頼したき事があるとか。長の屋敷《やしき》は町の中心にある、色鮮やかな風の模様が描かれた塀なのですぐにわかるかと。もしも入り用ならば某《それがし》がご案内いたすが」

「自分で行きますんで。はい」

ＮＰＣと会話ができるようになってきたとは言ったが、会話を楽しめるようになったわけじゃないんだよ。青やきーちゃんとしゃべるのは大丈夫なんだけどな。まあ、あの二人は妙に変わったところがあるから、変な者同士シンパシーでもあるのかもしれない。

なんにせよ、時代劇っぽい槍を持ったちょんまげのおっさんに町を連れまわされて楽しいと思う趣味はないから一人で行くわ。……いや、言葉にしてみたら割と楽しそうだな、ちょんまげ槍おっさんと街の散策。

とりあえずおっさんをスクショしておこう。青たちがヤマトに来てないなら後で見せてやろう。

槍のおっさんと別れてからマイカゼをぐるっと見て回ったけど、可もなく不可もなく？って印象の町だった。

そこまで大きくない町はほぼ正方形で、四隅には物見櫓《やぐら》、四辺は丸木を組んだ塀で囲われている。町の中には、若干小さめの市場と龍狩り支部、その他種々の店が品ぞろえはともかく一通りは揃っていた。

しっかしあれだな。ヤマトって完全に安土桃山《あづちももやま》時代〜江戸時代の日本って感じだ。所々にファンタジーチックな建築があったりするけど、基本はやっぱり木造平屋建てが多いな。結構大きめの施設とかじゃないと複数階建築はあんまり見当たらない。そのおかげで龍狩り支部を見つけやすかったけどさ。

「……っと。そういや、町の長のところに行ってほしいとか言われてたっけ。えーと、たしか色鮮やかな風模様の塀だとか」

さして大きくない町の中心にそんなもんがあればまあ目立つ。すぐに見つけられた。

ぐるっと周囲を囲った漆喰《しっくい》の塀には、おっさんが言った通り様々な鮮やかな色で風の模様が描かれており、マイカゼの長の屋敷に相応《ふさわ》しい立派なものだった。

出入り口である正門に行くと、どこから情報が伝わっていたのやら、例のキバガミの試練を踏破した者がどうちゃらとかであれよあれよという間に長の部屋まで案内されてしまった。

あの、もしかしてこれ自動で進行するタイプのクエストですか？

「長が来るまでこちらでお待ちいただきますよう」

案内してくれた女中さんが折り目正しく礼をして襖《ふすま》を閉めて行ってしまった。

長の部屋というよりは応接室？とでも言えばいいのか、広めの和室には掛け軸と生け花が飾られた床の間があり、女中さんが出ていった方の襖を開けるとそこは庭に繋がる縁側だ。

時折カコーンと鹿威《ししおど》しの音が響く中、待つことしばらく。襖越しに長が来たことを告げられたのち、一人の女の子が部屋に入ってきて床の間を背にするように、要するに上座に敷かれた座布団にちょこんと座った。

「お初にお目にかかります、キバガミの試練を乗り越えし龍狩り様。このマイカゼの長を務めているフウカと申します。お越しいただき、誠に嬉しく存じます」

「あっはい。赤信号と言います」

正座をしたまま深々と礼をするフウカにつられてこちらも頭を下げる。

いや、それにしても驚いた。長というから港のおっさんのような絵に描いたちょんまげ親父かと思えば、中学校入りたてくらいの女の子じゃないか。

「ふふ……長がこのような小娘で驚かれましたか？」

屋敷の塀に描かれていたのと同じような柄の着物を着ているフウカは、こちらの様子を見てくすくすと笑った。

プレイヤーの反応によって会話が変わるとか、選択肢が画面に浮かび上がる前時代のゲームからずいぶんと進歩したもんだ。あんまりにも人間と差がないＮＰＣばかりだと、そのうちゲームを現実だと思い込むやつも出てきそうだよな。そういうためのセーフティタイマーなんだろうけど無効化は簡単だし。

「先代の長……私の父と母は数年前に亡くなりまして。お恥ずかしながら周囲の助けのもと、なんとかやっていけているという状態です」

自嘲気味に苦笑するフウカの顔には、よく見ると同年代の女の子よりもずっと苦労した跡が残っている。化粧で隠しているようだが目の下にはうっすらとクマがあるし、頬も若干こけているように見える。

眉間にはしわが寄り始めているし、可愛らしい顔に疲労が色濃く出てしまっている。きっと両親が健在だったときは健康的な美少女だっただろうに。

「人の助けを借りることは恥ずかしいことじゃない、と思う」

「キバガミの試練を乗り越えた方がそうおっしゃるというのも不思議なものですが……お気遣いいただきありがとうございます」

ああ、そういえば俺って仲間がいないと入れないヤマトに一人で乗り込んだ挙句にクソワンコをボコして半ば無理やり入国したんだっけ。そんなやつに人の助けが〜とか言われてもしっくりこないわな。こりゃ失敬。

「さて。衛兵から耳にしているでしょうが、現在マイカゼでは腕の立つ龍狩りを探しております。と言いますのも、最近この近辺にタチの悪い龍がいまして。名を闇闘龍カゲシュラという龍なのですが」

カゲシュラは薄暗い場所を好む、マイカゼから東にある山の洞窟に住む龍であるが、ここ最近夕暮れ時になると山の峠はおろか麓の街道付近にまで現れるようになったという。

そしてカゲシュラはかなり好戦的なため、夕暮れまでに麓にある小さな宿場町にたどり着けなかった旅人や商人の馬車などが被害を受けることが多くなっているそうだ。

宿場町からは付近で龍狩り支部があるマイカゼに討伐依頼が来ているが、なにせカゲシュラはその性質上夕暮れから夜にかけて戦うことになる。そのためなかなか名乗りを上げる龍狩りがいなくて困っているということだ。

「カゲシュラが出没するようになってからというもの、町に出入りする東からの商人も減ってきていて町としてかなり痛手を受けています。それに港から来た大陸の方々がヤマトの都であるフソウに向かう道の一つでもありますので、そちらの方面でも問題が出ています。……何より、犠牲となった旅人や商人の方々を思うと、龍狩り支部があるマイカゼの長として歯がゆくあります」

「はあ。……つまり、俺にそのカゲシュラを討伐してこいと」

「察していただけましたか……。その通りにございます」

こんだけ言われりゃアホでもわかるわ。別件のクエストもないしいいけど。

つーかさ……キバガミ云々で繋がっているクエストってことは……。

「龍狩り支部からの注意事項ですが、カゲシュラは好戦的であると同時に狡猾《こうかつ》です。己を狩りうる龍狩りが徒党を組んでいると姿を現さない可能性が高いため、今回の依頼では申し訳ありませんがお一人での討伐をお願いいたします」

やっぱりか！　ヤマト密入国ルートだとソロ限定クエストが連なっていくんだ。

つまり俺はこれから続くだろう一連のクエストを終えるまで、ずっとソロを要求されるのか。

……うん、別に問題ないな！　今までだってずっとソロだし、状況は何も変わんねぇや。強いて言うなら仲間と一緒に入国したときのクエストがどんなもんかちょっと気になるくらいかな。そんなもんはネット探せば転がってるだろうしそれでいいけど。

「ではその依頼、たしかに承りました」

「くれぐれもよろしくお願いいたします。件《くだん》の出没地域はマイカゼを東門から出て、街道沿いを一日歩いたところにある宿場町近くの山です。その宿場町まで行けば詳しい話を町の住民から聞けると思います」

はいはい了解了解。ま、その前にいったんログアウトするけどね。そろそろいい感じの時間だし。

フウカの屋敷から出て、適当な物陰でログアウト。別にどこでもいいと言えばいいんだけど、気分の問題でなんとなく町の中では宿屋か支部、それでなかったら物陰でログアウトするようにしているんだ。

現実に戻ってVRギアを外すと、青ときーちゃんから携帯端末にグループメッセージが来ていた。メッセージは現在進行形で増えている。

青：いややっぱ弓か弩でしょ。遠距離戦好きそうじゃん。
黄：それだと私と被るんですけど。大穴で大盾とかあると思うんですよね。妙に奇をてらってるっていうか。
赤：何の話？
青：お、来たね。赤が『ドラスレ』で使ってる武器って何かなって。
黄：そういえば聞いていませんでしたから。
赤：斧。
黄：それはまたなんというか……。
青：シンプルに意外だね。
赤：そうか？　俺、割と高火力系も好きだぞ。
青：今赤ってレベルいくつ？
赤：68
黄：私が66でブルさんが65です。
赤：みんな同じくらいか。
青：じゃあちょうどいいね。手伝ってほしいクエストがあるんだけど。
赤：離れた地域にはどうやって行けばいい？　けっこう出るのめんどい場所なんだけど。

黄：地域は違っても支部に行けばフレンドのところに飛べますよ……？
赤：知らなかった……。というか支部をスキル編成以外でほとんど使ったことない。
青：それはいくら何でも拗らせすぎでは……。
黄：というか、皆さん今どこで何やってます？　私、北のボレア帝国で皇帝からクエスト受けてます。絶凍龍とかいうのの宝玉を求めて狩りしてます。
青：僕南のトリオン諸島。いろんな島を巡りながら大海龍を探してるんだけど。
赤：ヤマトで一人旅。
青：？
黄：？
赤：？
青：いや、あのさ。つくならもう少しマシな嘘《うそ》つこ？
赤：ホントだけど。
黄：ヤマトは猟団に所属していないと入国できないうえに全クエスト二人以上が条件ですから、一人旅は無理なんですよ。それともまさか、どこかの猟団に入っているんですか？
青：いやいや、赤がそんな知らない人と組んだりできるわけないじゃん。
黄：ですよねー。外だと声帯忘れたのかっていうくらいしゃべりませんしね。
赤：コミュ障なのは事実だけどさ。密入国したらヤマトで見つかって、キバガミって龍を倒したら特別に入国が認められた。
青：マ？
赤：マ。スクショあるからちょっと待ってろ。
赤：ほら【倒れたキバガミをバックにズタボロで映っているスクショ】【槍を持った門番のちょんまげおっさんのスクショ】
青：うわ……ほんとだ。
黄：ちょっと調べましたけど、キバガミっていう龍、攻略サイトにも載ってませんでしたよ。検索してもヤマトＮＰＣの会話にたまに出てくる謎の龍って話だけです。
赤：マ？
黄：あーさんだけとは限りませんけど、少なくとも目撃情報や討伐記録はネットに上がってませんね。
青：これは赤やっちまいましたなぁ。
黄：間違いなく特殊ルートですよね。下手したらヤマトの八大龍王まで行くんじゃないです？
青：それかスタッフインタビューにあった、『特殊な龍』ってやつだよね。現時点でも情報がないキバガミを倒しているわけだし。
赤：なんかめっちゃ怖くなってきたんだけど。
青：一通り終わったらレポートよろ。

黄：ていうか密入国できることネットに上げた方がいいのでは……。
赤：俺はする気ないなぁ。どこの港に行っても『資格がない』の一点張りでクソムカついた思い出があるし、密入国ってみんながみんなやるもんじゃないし。きーちゃんが上げたかったら上げていいよ。
黄：いえ、ご本人がそういうのなら。
青：話かなり戻すけど、クエスト手伝って？　明日の夜八時くらいにトリオン諸島支部でどう？
赤：異議なし。
黄：異議なし。
青：それじゃ、集合場所は受付カウンター横の観葉植物の前で！

「ふう……。……マジかぁ」

まさかネットに情報が出ていないほどの特殊ルートだったとは。

え、みんな密入国しないの？　警備ザルだったから割と簡単にできたよ？　適当に『隠密の心得』で潜入した後、船倉の端っこで寝てただけだし。まあ、出港した船に空中ジャンプで飛び移ったけどね？

ダメだと言われてはいそうですか以外の選択肢を取れるのがフルダイブの良いところじゃん。正面から入れないなら忍び込むんだよ。なんで素直にみんな帰るんだ。

ま、いいや。切り替えていこう、今俺はどこをどう探してもネタバレを喰らうことは無いという、ある意味超美味しい立ち位置だってことだよな。

それにしても、青は南できーちゃんは北か。みんなびっくりするぐらいバラバラに進んでるもんだ。明日が初顔合わせになるけど、さてさてどんなキャラなのかな二人とも。

カゲシュラの件は時間制限があるわけでもなし、先に青の方に行くか。

「えっと……支部の掲示板の横にある部屋の魔法陣に立って、と。ここで検索すればいいのか？　ブルマン……ブルマン……あった。じゃあここにジャンプで」

決定の表示を押すと同時、視界が一瞬白く光る。視界がもとに戻っても、そこはジャンプ前とほとんど変わらない。だが、たしかにここは青の居るトリオン諸島であるはずだ。

ガチャリと扉を開けて支部のロビーに入ると、そこには多数の龍狩りの姿が。ええ……この中から青ときーちゃん探すの……？

たしか集合場所はここの受付カウンター横にある観葉植物の前だっけ？　ってことは……いた。

俺も含めて三人とも名字に色が入っているから、それに合わせて赤・青・黄に髪の色だけは変えているんだ。

青もきーちゃんもキャラはデフォルトの顔だからわかりやすいし。イケメンと美少女だからそのままで十分絵になるというか。そんな中に自他ともに認めるモブ顔の俺が交ざると何とも言えない気分になるが、それはそれ。

「お。来たね。『ドラスレ』の中じゃ初めましてだね、赤」

「ああ。二人は……青が大剣（？）で……きーちゃんが弩（？）か？」

「そうです、よくわかりましたね。あーさんのそれも本当に斧なんです？」

「あはは、何それ。そんな武器初めてみたよ。いやぁ、特殊ルート進んでる人は武器からして違うねぇ」

おめーらも十分みょうちきりんな武器持ってるくせに俺の相棒に対して失敬な。たしかに見てくれは二つの斧を柄と柄でくっつけたみたいな武器だけど、立派な斧だぞ。

「回天斧って言うらしい。そっちのそれも大概だろ」

青が担いでいるのは鉄塊。大剣っつーかただのデカい金棒だろそれ、鬼が持ってるやつじゃん。きーちゃんのはほんとに弩かそれ？　弓の部分も無いし、ぶっとい杭《くい》が一本装填されてるだけって俺にはパイルバンカーにしか見えんのだが。

「いやね、大剣みたいにデカくて重いもので刃筋を立てて斬るとか難しいでしょ？　だから刃でも腹でも思いっきりぶん殴れば痛いことに変わりないかって、適当に使ってたらこうなったんだ」

「ゼロ距離射撃ばっかりしてたらどうなるのかと思っていたら、こうなりました。すごいですよ、射程距離は剣より短いし装填にも時間がかかりますけど、威力はアホみたいに高いんです」

なぜこいつらは最初から大槌や剣を選ばなかったのだろうか。なんで武器のコンセプトと真逆のことばっかりやってるの？　全員揃《そろ》いも揃って脳筋かよ。

　つーかそういう使い方を想定した強化ルートがあるのすごいな。でも斧で連撃型ビルドにしている俺が言えた義理じゃないか。武器が対応している以上、これもまた開発の掌《てのひら》の上なのだろう。

「で。クエストって何？」

「うん、レイドボス。12パーティでやるレイドなんだけど、ちょっとめんどくさくってさ。人手がとにかく必要だから手伝ってほしいんだ」

　えー。レイドってことはほかのパーティもいるのか。それも12パーティって、最大四十八人だろ？　あ、俺らが三人だから四十七人か。多いなあ。考えただけで人酔いしそう。

「面倒って、具体的にどんなのなんです？　場合によってはスキル編成を見直さないと」

　俺もスキル変えないとな。少なくとも一人だけのときにステータス強化の『ハイエンド・アローン』は外さないと。

「それなんだけどねぇ……。相手は千樹龍サウザンドグローブ。ここからちょっと離れたマングローブ林で戦うんだけど、そこに見えるマングローブが全部サウザンドグローブの一部なんだ」

「はぁ？」

「えーっと。つまり……耐久戦ですか？」

「そう。とにもかくにも手当たり次第に相手を片っ端からぶっ飛ばしていかないといけない。四方八方から樹《き》の大軍が押し寄せてくる中、パーティプレイがどうとかいうより相手が死ぬまで殺し続けるっていうタイプのレイドだね」

うわぁ……。参加者が一人減ればほかの参加者の負担が激増する、これぞまさにレイドボスって感じのやつだ。

多数の敵と戦うというのは群龍ランツクネヒトと同じだけど、あれは一体の龍に見えるけど実は数十体の小型龍が集まって擬態しているというやつだった。今回はいっぱいに見えるけど実は一体の龍ということか。

「こちらとしては一人でも多く参加者が欲しい。だから、フルメンバー四十八人で行く。当然、僕たちのパーティにももう一人参加するんだけど……ねえ、そんな露骨にいやそうな顔しないでよ」

だっていきなり知らん人とパーティ組んでレイドしろとか、コミュ障に対してきつくない？ 俺、お前ら二人ですらまともな連携取れる自信ないんだけど。そもそもレイドどころかパーティプレイすら初めてなんですが。

「赤も知ってる人だよ。っていうか、別ゲーで僕と君の共通のフレンドでもあるね。あ、来た来た。おーい、こっちでーす」

今まさに転移室から出てきたプレイヤーに向かって青が大きく手を振ると、バッチリとキメたド力盛りのリーゼントが目を引く、強面《こわもて》のあんちゃんがのっしのっしとこちらへ近づいてきた。

背中にはクソでかい金属製の三度笠《さんどがさ》のようなものを背負っているので、多分武器は大盾だろう。

「おいーっす。お、そっちの兄ちゃんが赤信号？ また会えるとは思ってなかったぜ」

誰だ。

　いやマジでわからん。え？　俺と青の共通フレンド？　つっても二人でやってるゲームなんて『ラオシャン』と『スラクラ』、あとは『ＩＲ』と『ドラスレ』くらいだぞ。

　そもそもフレンドを作ったことなんて……。

「おいおい、忘れたのか？　一緒にサテライトキャノンぶっ放すために２ケツで爆走した仲じゃねぇか」

　サテライト……ああ、ああ‼　そうだそうだ、青ときーちゃん以外にもいたな、俺のフレンド。一回こっきりだったし、作戦の都合上でフレンドになったもんだからすっかり意識から外れてた。

「……茶管、だったっけ？」

「イエース、その通り。『スラクラ』の一戦以来だな。あっちで有名人になってから、お前ら全然インしねぇから、何やってんのかちょっと気になってたんだぜ？」

　これはなんと、まさかまさかだ。

『スラクラ』で青とサテライトキャノンを撃つために俺がひたすら人柱になり続けていたとき、運送役兼護衛《アッシー君》として超活躍してくれた茶管じゃないか。

「にしてもよ。前会ったときと顔が変わってねえってことは、お前らそれデフォルト顔？　失礼だけどそっちの嬢ちゃんも？」

「うん？　まあそうだね。それがどうかした？」

「いやなんだ、俺も大した面じゃあないが……おい、赤信号。……強く生きろよ」

言わんとしていることはわかるが余計なお世話だボケ。

わかってんだよ！　青ときーちゃんっていうクソイケメンと美少女二人にモブ顔の冴《さ》えない男が交じってたらそりゃ浮くだろうよ！

「あの、私にはこの人がどなたなのかさっぱりなんですけど……」

「あー、ごめんごめん。このリーゼントの兄さんはね……」

唯一面識がないきーちゃんに、青が『スラクラ』での一件を交えて軽く茶管を紹介する。にしても、『スラクラ』のときにはこんな髪型じゃなかったと思うんだけどなぁ。まあ、戦場でドンパチする軍人がリーゼントなわけないか。そもそもヘルメットとかフェイスマスクとか被りにくいだろうし。

「なるほど……そういうことがあったんですね。私はヤマブキといいます。どうぞよろしく」

「茶管だ。こっちこそよろしくな」

青からの紹介が終わり、互いに名乗り合う二人。こういう普通のことをスムーズにできる人、憧れます。

その後、あれやこれやと話しているとロビー中央の方からレイド参加者に呼びかける声が上がった。おそらく今回のレイドを主催したプレイヤーだろう。

「すいませーん！　サウザンドグローブのレイドに参加する人は、もう少しで出発になるので、スキル編成をするのなら今のうちに済ませてくださいねー。戦場は膝まで浸かるくらいの水場でーす！　あと、パーティリーダーはこちらに集まってくださーい！」

うちのパーティリーダーは言い出しっぺの青。当然だよなあ。

「じゃあ僕行ってくるから、スキルの見直しよろしく。特に赤はどうせソロ用のスキルばっかりでしょ？　ちゃんと団体戦用に変えといてよ」

へーへー、じゃあさっそくスキル編成所で入れ替えますか。

『群龍を制覇せし者』はともかく、『ハイエンド・アローン』は外すの確定。あとは『逃走本能』と『隠密の心得』も要らないか。代わりに何入れようかな、なんぞいいもんあったっけなぁ？

過去取得したスキルの一覧を見ながら、どれがいいのか考える。混戦乱戦上等って感じみたいだから、タフさや回避力を重視するべきか。それで、戦場はマングローブ林で水場だろ？

だったら……水場での行動にマイナス補正が入らなくなる『流水の舞』、ＳＴＲとＶＩＴを強化する『マッシブ・エクスパンション』、転がる・起き上がる動作に補正が入る『七転八起』でどうだ。

猟技は特にいじることは無いか。もともといろんな場面に対応できるようにしてるし。

編成を終えてロビーで待つこと数分。いよいよレイドのフィールドへと移動になった。移動は龍狩り支部の所有する船で付近まで行き、そこからちょっと歩いて向かうそうだ。

喫水は浅いが甲板が割と広い帆船に乗ると、レイド参加者はその甲板上に集められて、主催者のパーティが中心となってレイド前のミーティングが始まった。

「今回レイドの総指揮を執らせてもらいます、猟団【インディ・ゴー】の猟団長の藍鴨《あいがも》といいます。まずは皆さん、参加してくださりありがとうございます。サウザンドグローブ討伐はゲーム内時間で日付が変わったと同時に始まり、日の出とともに終わります。この船での移動はあと一時間半といったところでしょうか。睡眠不足のペナルティがつきそうな方は圧縮睡眠用特殊寝袋をいくつか用意してますので後で申し出てくださいね。それではサウザンドグローブについてですが……」

すげぇ。めっちゃペラペラしゃべるよこの人。なんかやり手のビジネスマンが新商品のプレゼンでもしてるのかというくらい言葉が出てくる出てくる。

ふぁー……。この人、リアルでもこんなにしゃべれるのかな？　もしかしてご職業は家電量販店の店員さんでは？　あの手の人ってすげぇマシンガントークするよね。ちょっと興味本位で新型PCとか見てると滝のごとくスペックの説明からどんな用途に向いているだとか自分もこれを使ってるんですけど～とかもう止まんないよな。個人的に俺が嫌いな職業ランキングトップ3です。一位は美容師、二位は教師、三位が家電量販店販売員。

「あーさん、『なんでこの人こんなしゃべれるんだろう』って考えているでしょう？」

ぼうっと考えていたら隣に座るきーちゃんが小声でそんなことを言ってきた。

「きーちゃんエスパー？」

「いや、僕でもわかるから。めっちゃ顔に出てる」

「今回が二度目の俺でもわかるわ。携帯端末の新規契約したときのおふくろの顔と同じだ、口ポカーンしてるぜ」

そっかぁ……。そんなに呆けた顔になってたかぁ……。

『ラオシャン』やってると表情なんてまるで気にしなくなるから、逆に表情筋が緩くなったのかな？

「船はここまでですね。ここからさらに二、三十分ほど歩いたところが目的地です。では行きましょう、ついてきてください」

船から降りたレイド参加者たちが、藍鴨に先導される形でサウザンドグローブの出現位置に向かって歩き出す。総勢五十人近い龍狩りがぞろぞろ歩いていくのはなんというかスゴイな。

ゲーム内時刻は日もとっぷり暮れた真夜中。インターフェースを開けば二十三時二十分だそうな。ちなみにリアル時間の時計ではまだ二十一時にもなっていない。

夜の静かな空気の中、パシャパシャとみんなの足が立てる水音と、陽気なプレイヤーのしゃべり声が熱帯の樹林に吸い込まれる。

「なあ、サウザンドグローブのレイドってこれ何回目？」

「藍鴨さんの話だと三回目だね。一回目は全滅、二回目は時間切れ。今回で討伐まで行きたいみたい。だから、初参加のパーティは僕らともう一つだけだね」

はーん、雪辱戦ってわけね。

サウザンドグローブのレイドって何回でも挑めるタイプのやつなんだな。特定の時間に特定の場所で始まる感じの。そんで、そこに居合わせたプレイヤーが参加するって感じか。

「今のところサウザンドグローブの討伐記録は出てないみたいだから、もし討伐できたら今回が初ってことになるね。藍鴨さんたち【インディ・ゴー】がサウザンドグローブを見つけたのもあって、けっこう執念燃やしてるんだよねぇ」

「ふーん……」

青の話によると、トリオン諸島を拠点に活動している猟団である【インディ・ゴー】は猟団員こそ三十人ほどだが、綿密なフィールドワークで様々な龍を見つけ出してきたまあまあ有名な猟団だそうだ。

青は所属こそしていないもののそれなりに交流があり、そのツテで今回のレイドに参加することになった。ちなみに茶管とはトリオンに来てから偶然再会し、それからは何度か一緒に龍を狩ったりしているらしい。

大柄でのっしのっしと俺の横を歩く茶管をぼんやりと見ながら、ふと船の上での会話を思い出す。

やはりと言うか、茶管の武器は大盾だった。『ドラスレ』における大盾は防具ではなくて武器。ここ、大事なところである。まあね、身の丈近い大きさの金属でぶん殴られたらそりゃあ痛いってもんで。人間なら軽く死ねる。

それに大盾の猟技には移動するタイプのものが多く、普段の機動力は最低クラスだがうまく猟技を組み合わせて使いこなせば、全武器種でもトップを誇るという。

そんなピーキーさに魅せられた茶管は、それまで使っていた双剣を捨てて大盾を最初からやり直したそうだ。

さすがはレースゲームが本領というだけあり、生粋のスピード狂であるらしい茶管は見事なまでに機動力一辺倒のステ振りとスキルだった。

大盾を振り回すためのＳＴＲに最低限振り、あとは全てＤＥＸ。スキルも全てＤＥＸ補正か移動速度上昇など身のこなしに関することばかり。しかし『飛天』は取得していないそうなので、俺が無限空中ジャンプできると知ったときの顔はそれはそれは面白かった。スクショ取れなかったのを後悔するほどな。

「なあ、おい赤信号よ。どうやったら無限ジャンプできるようになるんだよ。後生だから教えてくれよ」

くっくっくと思い出し笑いしていたら、茶管が俺の思考を読んだと言わんばかりにタイムリーな話を振ってきた。何だきーちゃんだけじゃなくてお前もエスパーか。それとも俺の顔はそんなにボロが出やすいか。

つーか、それについては船の上で散々聞いてきただろうが。

「兎跳から宙駆、宙駆から飛天に派生するんだって」

「いやだからよぉ、どうやったら飛天になんだよ。俺だって宙駆は持ってるから二段ジャンプはできるんだけど、飛天に派生する条件がわっかんねーんだよ」

そう言われてもなあ。俺だって気付いたら派生してたってだけだし。スキル構成も関連ありそうなものは無いし、強いて言うならステ振りか龍狩りの履歴か、それとも知らないうちに変な行動条件を満たしていたのかな？

「本人がわかんねぇんならしかたねぇか。な、スキルの説明欄もっかい見せてくれよ」

それくらいなら、とインターフェースを開いて飛天の説明欄を表示する。

スキル：飛天
効果：無限空中ジャンプ可能（高度制限あり）
地を跳ね、宙を駆けた者はついに天へと飛んだ。いまだ果てしなき蒼《あお》に届くには遠いが、それは大空を舞う龍に迫る。翼のない人の身で行う行為として、はたしてそれが許されるものかはわからない。
人は皆、空を見上げ思いを馳《は》せながらも空を目指すことを無駄な努力と嗤う。全てを振り払いその空に至った者は、我が道を行く孤独の夢追い人である。

「うーん、やっぱあれか、最後の文章的にソロで何かしないとダメって感じか？」

「ほかに飛天持ってるやつは？」

「俺の知り合いにはいねぇな。ネットだとチラホラいるみてぇだが、どいつもこいつも詳しくはわかんねぇってよ。お前と同じで気付いたらスキル欄の宙駆が飛天になってたらしいぜ？『ドラスレ』だとなんも珍しいこっちゃねぇけどな」

『ドラスレ』のスキルの派生は本人も知らないうちにひっそりと行われる。開発者に言わせれば、『人間とて握力が強くなったことは測定するまで自覚しないだろう。それと同じで、成長とは自覚せず行われるものだ』ということらしい。そのくせレベルアップは通知してくる。

なので、スキルの派生条件を研究・考察している人たちは超こまめにスキル欄をチェックするそうな。

「飛天もそうですけど、あーさんのスキルって珍しいものちょいちょいありますよね。兵進低頭とかメイルストロームとか。何なんですか、身を屈《かが》めたりする動作が異常に速くなるスキルって」

「けっこう役に立つんだけどなぁ、神速リンボーダンス」

とりあえず身を低くする動作ならなんでも速くなる兵進低頭は個人的に飛天と並んでマイフェイバリットスキルのトップツーだ。ハイエンド・アローンは殿堂入りです。

兵進低頭はマジですごいんだ。匍匐《ほふく》前進だって超速くなるんだぞ？　あれは多分普通に歩くよりずっと速い、小走りくらいのスピードが出るんだから。

「雑談はそこまでだね、着いたみたいだよ」

月明かりに照らされたマングローブ林。この見える木々が全部サウザンドグローブの体の一部だというのだからどえらい話だ。

つーかどんだけデカいんだよ、自重で骨折れたり内臓つぶれたりするだろ。鯨だって海から上がったら体重重すぎていろいろヤバいってのに、ドラゴンさんときたら。生物としての限界弁《わきま》えて？

ま、ゲームの世界に現実知識のツッコミは無粋極まるってもんだけどな。やっぱね、なんつーの『ラオシャン』みたいなリアル志向のゲームとかやってるとそうなっちゃうんだよな。

「皆さん、あと十分でレイドが始まります！　事前の打ち合わせ通りの位置で待機願います！」

総指揮である藍鴨さんの指示の下、それぞれのパーティがポジションを調整する。

俺たちは全員が近接武器であることからアタッカー……というより壁だな。最前線でひたすら戦闘し続ける役だ。むしろ12パーティ中8パーティが同じように戦線維持役であり、残り4パーティが支援と遊撃を兼ねる。

聞いた感じだと兎《と》にも角《かく》にも迫りくるマングローブを千切っては投げ千切っては投げしないといけないそうなので、戦線をある程度広く持たないとむしろ殲滅力不足で時間切れになってしまうらしい。

回復薬その他は出発前に龍狩り支部で補給しておいた。レイドというものがどれほどの物資を吐きださせるのかよくわからなかったから、取りあえず持てるだけ持ってきたぜ！

ズ…ズズ……ズゴゴゴゴゴゴ!!

ゲーム内時刻が00:00になった瞬間、あたりに地鳴りが鳴り響く。それと同時に各パーティリーダーの目の前にレイドの参加不参加を選択するウインドウが現れた。

ここで不参加を選択すると、どのような形であれレイドが終わるまで参加者及びレイドボスに干渉ができなくなるそうだ。ただそこに突っ立っているだけならともかく、不用意な行動をすれば回避不可能の即死攻撃が即座に飛んでくるらしい。

もちろん全リーダーがすぐに参加を選択。

むしろここで堂々と不参加を選べるような人を尊敬するね。ここまで計画立てておいてドタキャンした日には、少なくともトリオンには今後いられないだろうな。

「まもなく始まります！　総員、迎撃準備を！」

視界の内にあるマングローブの木々。それらが初めはほんの僅かに、そしてだんだんと知覚できるほどに騒めきだす。

そしていったん静まった後。樹林全体が再度大きく震えたかと思うと全ての木々が一斉に前方から俺たちレイドパーティ目掛けて押し寄せてきた！

「第一波、来ます！　……第三回サウザンドグローブ討伐レイド、開始ぃぃいいい!!」

「「「うおおおおおお！！！！」」」

視界を埋め尽くす樹木の大軍。樹林そのものとの戦いの火蓋が切られた。

「押せ押せ押せぇぇ‼」

「遠距離型は無理に狙わず乱れ撃て！　こんだけいるんだ、どれかに当たる！」

「ちょっ！　こっち圧が強いよ⁉　援軍回して！」

「ドラグアーツ撃つ前は周りに知らせろ、無駄撃ちはご法度だぞ！　でも抱え落ちもすんな！」

「炎よりも氷の方が通りがいいよ！　猟技で氷属性撃てる人は積極的に使って‼」

「誰かぁぁぁ！　回復薬プリィィィィズ⁉　アイテムセット間違えて持ってきちまったぁぁぁ！」

「いっそ死んでろバカ！　ほらよ！」

戦線を張る各パーティが一直線に横並びになって、一直線に猛ラッシュをかけてくる木々と正面からぶつかる。

何という怒号と悲鳴と雄叫《おたけ》びの坩堝《るつぼ》。これがレイドバトルか、ははは、帰りたい。

すげぇよみんな。何でこんなにクソ忙しい中で他人を気遣ったり情報を共有したりできるんだ。俺はもう目の前の敵をぶった切るだけでいっぱいいっぱいだよ、隣のやつの体力を見てる暇なんてねぇよ。

ほらまた蔓《つる》の鞭《むち》ならぬ枝の鞭が飛んできた。相棒を半回転させて下から弾き、攻撃を逸らすと同時に連撃状態を維持する。

「よいしょぉ！」

遠心力を込めた振り下ろしがマングローブを真っ二つ。うんうん、連続攻撃を続けるほど強くなる相棒は絶好調だな。

うちのチームは俺・青・茶管が戦線を張り、きーちゃんが討ち漏らし担当。きーちゃんはその武器の都合上、大勢を一度に相手するのに向いてないからな。その分当たればほぼ一撃だけど。

ほかのチームも戦線崩壊することなく安定しているが、さて。これから先どうなるのかね？　人生初レイドなんでなんやかんやと楽しみなんだけど。

——一時間後（ゲーム内時間）

「これが夜明けまで続くのか……」

うんざりだ。堪《こら》え性《しょう》がないとか言われようが、もううんざりしてきた。

忙しいし油断する暇もありゃしないけど、それ以上にひたすら突っ込んでくる木をしばき続ける作業は代わり映えの無い光景と相まって思いの外飽きる。

だってなぁ……、表情もない吠えることもない怯む様子もないときたら、これただの超スピードのベルトコンベアに乗って流れてくる木を伐採するだけのお仕事だからな。

たしかに殲滅力がないと押し切られるし時間切れもあるけどさ。なんつーのかな、最高速度のテトリスを五時間耐久したうえでハイスコアが出なければやり直し、みたいな。

「ブルさん、このレイドってホントにひたすらこれを続ける感じなんですか⁉」

極太の杭《くい》をぶち込んで敵に風穴を開けながら、ややうんざりした顔できーちゃんが青に聞く。俺だけじゃなくてやっぱみんなそう思ってるんだな。

「正直よくわからない、僕も初参加だからね。少なくとも、捌《さば》き切らないと押しつぶされることは確かだけど、っと！」

「死ぬまで殺せばいつかは勝てるってか⁉ 喰らえやボケが、【バニッシュバッシュ】だオラァ！」

勢いよく振り抜かれた金棒がバッコーン！といい音を立てて目前に迫っていたマングローブを吹っ飛ばすと、空いたスペースにすかさず飛び込んだ茶管が大盾を振るってなおも押し寄せる木々を跳《は》ね除《の》けた。

何のかんのと捌き切ってはいるが、どうも気になる。レイドってこんなもんなのか？

たしかに忙しいしちょっとミスったら死ぬけど、そんなの普段と何も変わんないだろ。俺が知識として知っているほかのゲームのレイドボスって、もっとこう、面倒くささ極まるタイプのものなんだけどな。

大量の分身の中から本体だけを狙い撃ちにしなければならないとか、バトルフィールドそのものを破壊してくるとか、アホみたいな量の状態異常を重ね掛けしてくるとか、尋常でない再生力で火力チェックしてくるとか、決められた部位を順番通りに攻撃しないと壊滅レベルの反撃を即座にはなってくるとか、そういうのがレイドボスじゃないのか？

「……前回は時間切れっつってたし、本当にこのザコたちが尋常でない量いるとか？　でも、なんか引っかかるんだよなぁ」

聞きかじった知識しかないからか、この違和感の正体がわからない。わからない以上は目の前の敵を処理するしかない。

振り下ろし、カチ上げ、一回転させて真っ二つ。

まだ始まって一時間しか経っていないが、同じ敵ばかりと戦えばどんな攻撃をどれだけ当てれば仕留められるのか自然とわかってくる。すっかりパターン化されてしまった一連の攻撃だが、量をこなすにはルーチンを作るのが一番だ。

「主催の連中はこれが三回目だろ？　俺ぁ勝っても負けても二度目はやりたくねぇな。手応えも何もねぇ同じ敵を倒し続けるなんて賽《さい》の河原《かわら》だぜ⁉」

「これで手に入った素材で武器の強化ルートが開ければいいんだけどね！」

「そういうのに限って、何かが一つ足りなかったりするんですよ……！　まずは勝たないと素材ももらえませんけどね」

何はともあれ生き残るには武器を振るい続けるしかない。

今回で失敗したら次参加する気はないけど、せめて今回くらいはやりきろう。

絶え間なく襲いかかってくる無尽蔵の敵に俺の相棒は相性抜群。上下の斧刃で交互に攻撃することさえ守っていれば、とっくに上限ストップした追加ダメージがマングローブを切り刻む。

俺たちの中ではきーちゃんが一撃特化型なので若干やりにくそうにしているが、茶管の盾の陰に入りながらうまいことやり過ごしている。反対にとりあえず振り回していればだいたい何とかなる青は当たるを幸いにどんどこ薙《な》ぎ倒《たお》す。

回復薬の使用スピードもまあ順当なので、このままなら夜明けまでは持つだろう。ほかのパーティの方も安定していて戦線崩壊はなさそうだ。

制限時間の夜明けまで、まだ四時間はある。耐久戦ではないのでそれまでにどうにかしなければならないのだけど……。

——さらに二時間後（ゲーム内時間）

「なあ。ちょっと思ったんだけど、このレイドクソゲーすぎない？」

レイドが始まってすでに三時間。制限時間の半分を超えたわけだけど、相手の強さも襲撃方法もミソもクソもなーーーーんにも変わりなし。ただただ三時間森林伐採してるだけ。

「ですよね。あまりにも退屈すぎて逆にランナーズハイみたいになりそうです」

せめて。せめて、ある程度の数を減らすとより大きいマングローブが出てくるとか、龍の体の一部が現れるとか、そういうのがあればまだモチベーションを保てる。

でもほんとに何も変わらないんだ。茶管が賽の河原とか言ってたけどまさにそれ、今やっていることが本当に勝利に繋がるのかいっそう疑問がわいてきた。

「これ絶対やり方間違ってるよー！」

「なんかギミック見落としてんじゃねーの⁉」

「ほかより大きい木があるとか、一本だけ動いてないのがあるとかそういうのか⁉」

「でも勝手に動いたらそれこそ戦線崩壊するわ‼」

ほかの場所でも似たような感じになっている。

そりゃそうだ、一度の全滅と一度の時間切れを経験してきた初期からの参加者たちからすれば、ちゃんと考えて殲滅力を整えてきたというのに全く手応えも何もないのだからそうも言いたくなる。

それでもきちんと戦線の維持だけはしているあたり、今のところ指揮系統に乱れはない。

「ＲＰＧの鉄則として、ギミックを解くにはまず敵を知ることからだけど……」

外様《とざま》の俺たちはサウザンドグローブをどういった経緯で見つけたのかも、この龍に関するどんな情報があるのかも詳しくはわからないので背景設定からアタリをつけることも難しい。

俺が知っているのなんて、それこそこのマングローブどもがサウザンドグローブの一部ってことくらいだ。いや、それにしてもこんなに多くの木が体の一部って本体どれくらい大きいんだろ。

……本体。本体、ね。

いやまさかね。まさかとは思うけど、これ隠れている本体を直接どつかなきゃいけないとか、そんなこたないよな？

まったまた、そんな単純な。それくらい誰か試してるっしょ？

……いや、初回は何の情報もないまま数の暴力で押しつぶされ、二回目は時間切れだろ？　もしかして試してない？

そういえばこのマングローブども、愚直なまでに一方向から真《ま》っ直《す》ぐ突っ込んでくるだけだ。っつーことは、本体は俺らの前方？　そんでこんだけの木々を体の一部にしてるってことは相当な巨体のはず。なら……やっぱり潜ってるのか、俺らの足元に。

…………………。

………………。

………。

やるか。

思い切った行動をするには誰かの犠牲がいるだろう。なら、俺がやろう。

いや、別にこのレイドが面倒くさくなったとかじゃなくてね。『もし間違ってたら』『自分のせいで戦線崩壊したら』って思っちゃうと、多分こうなんだろうなーという考えがあっても一歩出られないわけじゃん？

そこで俺だ。

俺は仮に失敗して全メンバーから恨みを買ってもヤマトに引き籠れる。青たちに関しても、同じ猟団でもないんだから俺に責任おっ被《かぶ》せてシラ切ればいいだけのこと。独り者って身分はこういうとき使い勝手がいいよな。

そうと決まればパーティリーダー殿に出立のあいさつでもしときますか。

「青」

「なに？　回復薬尽きたの？　下級ポーションなら余りが……」

「行ってくる。あとはいいようにしてくれ」

「え？」

じゃ、そういうことで。渾身の～～ハイジャンプ！　か～ら～の～二段ジャンプ！　三段ジャンプ！　四段ジャンプ！　以下略！　スキル飛天、その効果をとくと見よってな。

およそ三十メートルほど（これが飛天の限界高度）まで飛び上がり、戦場を俯瞰《ふかん》する。おーおー、アホ面下げて俺を見上げるより目の前の木をどついた方がいいんじゃないか？

……やっぱりか。こうやって上から見下ろすとだいぶ不自然だな。多少角度はあるものの、襲ってくる木々は全部前方から。そしてばっちり動いている木と動いていない木の境界線が浮き彫りになっている。範囲は……だいたい縦二百五十メートル、横五十メートルか？　デケェ。

現時点で境界内の木はおそらく四割ほど残っている。制限時間も半分をとっくに過ぎた今、殲滅しきれるかどうかは微妙なところ。

「それに、殲滅しきったところでそれが正解なのかどうかわかんねーしな」

ここに見える樹木はサウザンドグローブの『一部』だ。だが、どの部分なのかははっきりしていない。これが腕や足、胴に位置する部分なら刈り取ることもダメージになるだろう。だが、例えばたてがみのような『体毛』に位置するものなら？

髪の毛を切られて痛がる人間が（メンタル的なものは除いて）いないように、サウザンドグローブにとっても大した痛手ではないんじゃないのか？

「だとしたら、本体を引《ひ》き摺《ず》りださなきゃダメだろ」

その場で浮かぶように小刻みに宙を蹴っていた足を、今度は前に進むために大きく蹴りだす。垂直跳びで五メートルを叩《たた》き出《だ》す飛天の脚力は、一歩蹴る度に十メートル単位で俺を前方へと運んでくれる。

そしてほどなくして到着したのは、木が動いている範囲内でも最も奥にあたる不自然なまでにぽっかりと開いた場所。おそらく、ここに本体の頭があるはずだ。今までやってきた幾多のゲームたちがそういう『お約束』を教えてくれる。

背に担いでいた相棒を取り出し、ぐるんと一回転。だいぶ時間が経ってしまったので連撃ボーナスは消えてしまっているけど、それはもうしかたない。完全な不意打ちは攻撃し続けることでバフを得る俺には向いてないいんだ。

さぁて、一世一代の大勝負ってわけでもないが気合入れていこうか！　やるなら派手に、どうせなら最強の一撃で、だ。

俺が出せる最強の技、それはもちろんドラグアーツだ。一日一回しか使えない大技、ここで使わずしていつ使う。

しっかりと相棒を両手で握り、最後に大きくハイジャンプ。そして俺がとる構えは、大上段でもなんでもない。土下座だ。

「見ろ！　これが（多分）バグ技、超超高速土下座だぁぁぁあああ‼」

おそらくスキル兵進低頭の効果が予想外の部分で発揮されているんだろう、空中で身を低くする類のポーズをとると超スピードで落下するのだ。

そして『ドラスレ』では運動エネルギーなどの物理演算は割と真面目に行われている。要するに、技にもよるが立ち止まった状態でぶん殴るよりも助走をつけてぶん殴った方がダメージが出る。

視界が霞《かす》むような落下スピードの中、無理やり土下座を解いて武器を構える。一度速度が乗ればポーズを解いても遅くなるようなことはない。あとは必殺の一撃がスカらないように、祈りながら落ちていくのみだ。

身体を限界まで捻《ね》じり、全ての力を相棒に込める。もはや水面まで一メートルも無い、撃つのなら今！

「喰らえや！　【ドラグアーツ・爆崩】‼　どおりゃぁぁあああ！！！」

ドラグアーツ・爆崩。それは山をも崩すと言われるド級のブレスを得意とする爆崩龍ファークライからラーニングした必殺技。

本物には遠く及ばないが、全身の全ての力を一点に込めて解き放つその攻撃は、まるで爆撃のような轟音《ごうおん》を轟《とどろ》かせ広範囲を打ち砕く。

振り下ろした相棒の斧刃が水中に沈み、その底である地面にぶつかった瞬間、俺を中心として破壊の嵐が巻き起こる。

半径十五メートルほどの範囲にあった木々を根こそぎにし、膝までの深さがあった水面もあまりの衝撃に吹き飛んでしまい地面が露《あら》わになる。

そして、その露わになった地面は、明らかに土や砂ではない。一つ一つが大きすぎて実感がわかないが、それは明らかに硬質の鱗《うろこ》だ。そして、先ほどまで俺たちに押し寄せていたマングローブどもの根っこがその鱗の隙間からびっしり生えているではないか。

あれだけ動いていたからなんとなくわかっていたけど、根っこめっちゃ長いな……。

「予感は的中、本体は地中だったたな。さて、ここからどうなる……？」

今、マングローブの動きは止まり、数時間ぶりの静寂が訪れている。だが、問題はこれからだ。ここまで来て特に変わりなし、はさすがに厳しすぎるけど……。

いやマジで勘弁してくれ。これだけ好き勝手やって何の成果も得られませんでしたはキツイ。ある程度覚悟していたとはいえ、それでも何もなかったよりは何かあってほしい。俺だってなぁ、ど

うせならただの独断専行した役立たずよりは道を切り開いたヒーローでありたいんだよ⁉

そんな俺の葛藤を聞き届けたのか、ズズズズ！と地響きが鳴り始める。だんだんと大きくなるその地響きの発生源は俺の足元。これ多分ヤバいやつだと思いとっさに距離を取る。

地響きが一瞬止んだかと思うと、さっきまで俺が立っていたあたりの地面がだんだんと盛り上がり、マングローブ林に擬態していたそれが姿を現した。

鰭と足の中間のような形をした、一つ一つが並の飛龍よりデカい逞《たくま》しすぎる四肢。

一枚一枚が俺の背丈くらいある巨大な鱗。

ワニのように長く前方に突き出た巨顎にはメートル単位の大きさの牙がずらりと並ぶ。

露わになった後頭部から背部全体にかけてびっしりとマングローブを生やした身体は全長二百メートルほどはあろうかというまさに生きる樹林そのもの。

千樹龍サウザンドグローブ。その威容は四十八人の龍狩りが戦線を張り凌《しの》いだ木々の猛攻も、ただの前座にすぎぬとばかりに。

飛天の無限ジャンプでも頭に乗れるか否かというほどの身体の大きさに比べると小さいが、それでもメートル級の大きさはある眼《め》でぎょろりと俺を見据える。

グゥォォオオオロロロロロロロロ！！！

天地鳴動とはまさにこのこと。巨龍が発した咆哮は物理的に大地を揺るがした。

あまりの大音量に俺は相棒をその場に落としてでも耳を塞がざるを得ないほど。恐怖や怯みといった精神的な負荷の大部分を軽減してくれるスキル『獅子の心』をつけていてこれだ。もしもそういったスキルがないプレイヤーだったら意識不明ぐらいまで持っていかれるかもしれない。

「おいおいおい……こんなもん斧や剣持った人間が五十人集まったところでどうしようもないだろ、せめて対地ミサイル積んだ戦闘機十機くらいくれよ」

あまりにもスケールが違いすぎる。鰯が百匹集まろうがシロナガスクジラを殺すことはできねぇんだよ。おかしいだろ、こんなん軍隊規模の人手がいるわ！

間違いない。このレイド、ここからが本番だ。この圧倒的な姿を見たら、今までチクチク森林伐採してたのがアホらしくなってくる。言うなら俺たちは入場門でひたすらシャドーボクシングしていただけで、対戦相手が待つリングに上がってすらいなかったのだ。

どう考えても時間切れが濃厚臭いが、それ以前に大いなる問題を俺は抱えている。

「仲間が一人もいねぇ……‼」

俺ちゃん史上最大のミス。頼りになる仲間たちＲＧＲ《龍狩り》48のうち、俺を除く四十七人がこの果てしなくデカい龍を挟んだ向こう側にいる。赤信号、痛恨のぼっちである。

いやね、ほら、なんてーの？　今までやってきたゲームだとさ、こういうときってムービーが流れて知らない間に全員集合とかがお約束じゃん。

あっれー？　おかしいな、そういうのってない感じ？

ふっ……しかたない。いない者に頼ることなど考えるだけ時間の無駄というもの。そうさ、俺はここまで全て独りでやりぬいてきた男。ヤマトにただ一人、個人で出入りする男！

千樹龍何する者ぞ。我が名は赤信号、孤高の龍狩り。

「さあ、いざ尋常に勝負やっぱ無理ィィィ!!」

ひょいと放たれた猫パンチ（当たれば即死）を持てる全ての力を出し切った全身全霊のハリウッドダイブで間一髪避ける。

あぶ、あぶ、あぶぶぶぶ!!　あかんあかんあかん！　駄目だってこれ、もうなんか埃《ほこり》を払うくらいの軽い猫パンチで地形変わったぞ！　地面抉《えぐ》られてお城の堀みたいになってんじゃねーか！

重さ×速さはパワーなんだよわかるか!?　全ての技術をねじ伏せる圧倒的な力、それこそがパワー！って昔のすごい人が言ってたんだよ！

もうさぁ、こいつが八大龍王の一匹とかそういうオチじゃないの？　っつーか八大龍王ってこいつより強いの？　ハハハまっさかー、はいはいワロスワロス。

「現実逃避してる場合か俺!?　飛べぇぇぇ!!」

あからさまに今から攻撃しますよという予備動作が見えたので全力で垂直無限ジャンプ。俺の足元一メートルを通り過ぎたのは巨体に見合わぬ華麗な逆水平チョップだった。

猫パンチかと思えば今度は振った前足で逆水平チョップって全日本プロレスでも目指してんのかオメーは。最強のレスラーになれると思うぜ、お前が入れるリングがあるならな！

ちょっと待てお前、尻尾ビタンビタンするな。前足を適当にブンブン振り回すな！　デカいやつが適当に暴れまわるってそういうのが一番キツいんだぞ！

〈イーサンさんが死亡しました〉
〈残虐ぱおーんさんが死亡しました〉
〈鋏目愛さんが死亡しました〉
〈†暗黒騎士†さんが死亡しました〉
〈水野師範さんが死亡しました〉
〈めてお・ド・蜥蜴さんが死亡しました〉
〈オーラぱいんさんが死亡しました〉
〈DD神の父さんが死亡しました〉
めっちゃ仲間死んでんじゃねーか！
あれか、さっきの尻尾ビタンか⁉　あれでまとめてぬっ殺されたのか⁉
あ、もう一回尻尾をスイングした。
〈がおど湖さんが死亡しました〉
〈オワタビウスさんが死亡しました〉
〈潜水艦【空鮫】さんが死亡しました〉
〈コスト神さんが死亡しました〉

〈ブルマンさんが死亡しました〉
〈茶管さんが死亡しました〉
〈ヤマブキさんが死亡しました〉
〈ペイルムーンさんが死亡しました〉
〈ウッディ先生さんが死亡しました〉
〈ケツ王さんが死亡しました〉
〈ティクビ電気兄貴さんが死亡しました〉

待て待て待て！　死にすぎ！　死にすぎだから‼　つーか青もきーちゃんも茶管もしれっと死なないで！　俺を独りにしないで！

あーヤバい、レイドメンバーの死亡ログが滝のように流れてるるるるる。

えっと今何人が生きてんだ。あっと総指揮の藍鴨さんが死んだログが今流れたよ？　これマジでもう壊滅状態じゃねーか！

あーもう無茶苦茶だよ。ていうかこれもう俺が戦犯で確定だよな？　少なくとも尻尾側にとり残されたら無理臭いし。えっこれマジでどうすんの？　ログ見た感じほとんどもうみんな死んでる臭いんだけど。

いやいやいや、俺はこういうときに一人で勝てるような主人公補正を超えたご都合主義パワーなんて持ってないし、そもそも超がんばったら一人で勝てる程度のモンスターをレイドボスとは呼ばんでしょ。こいつ時間制限あるし。

そんなことばっかり考えてたからだろう。俺はサウザンドグローブが大口を開けていることに気付かなかった。

二百メートル超の巨体のくせにめっちゃくちゃ機敏っすね兄貴、いや姉御かな？

がぶり。

「あ」

ゴキゴキ、グチャグチャ。

〈赤信号さんが死亡しました〉

こうして、俺の初めてのレイドバトルは終わってしまったのだった。

龍狩りは死ぬと自動的に最後に立ち寄った支部に送還される。つまり、この場合はトリオン支部だな。

そして目が覚めるのは決まって支部の中にある医務室のベッドの上。ゲーム的な都合とは言え、クソデカドラゴンに噛み応えの無いガムみたいにされたというのに包帯一つ巻かれてないってどういうこった。

ベッドから立ち上がり、ロビーへと続くドアのノブに手をかけたところでピタリと俺の身体が止まり、全身がガタガタ震えだした。

「ヤバい。ヤバいヤバいヤバいヤバいヤバいヤバい……！　やっちまったよマジで……。どう考えても全部俺が悪いじゃねーか……！」

正直あの森林伐採戦線が凄く退屈で単調で飽き飽きしてたから動いたよ、それは認める。いろいろそれっぽい理屈は捏《こ》ねたけど、それでも五時間もかけてマングローブを殴り続けるだけの作業はちょっと俺には無理だった。

その先に確実に次に繋がる未来があるのならともかく、全部刈り倒したところで本体が出てくるとは限らないしそもそも時間足りないし！

『スラクラ』のときにただひたすら青にコンバットナイフでぶっ刺されるために走り続けたのも、あれは三十回死ねばサテライトキャノンが来るという明確なご褒美があったからだし。

そんなのは言い訳だって？　Exactly（その通りでございます）。

ホント皆さんごめんなさい。面目次第もございません。全面的に私に非がございますぅ……。

ほんっっっっっとにいやなんだけどこのドア開けるの！　絶対ロビーに青とかいるよな？　クソバカA級戦犯を裁判にかけるためにロビーにいるよな⁉

大概の支部では医務室前は広めの廊下になっていて、仲間の蘇生《そせい》待ちメンバーが待機できるようになっているから、多分みんなそこで待ち構えてるはずだ。

そっと、そおーーーっとドアをほんの少しだけ開けて、その隙間から外の様子を窺う。えっとみんなどの辺にいるかな……。

（ドカ盛りリーゼントがこれ以上ない見事なヤンキー座りで壁にもたれている）

（青髪のイケメンがにこやかな笑顔を張り付けて金棒でスイング練習している）

（黄髪の美少女が無表情で何かの切れ端っぽい棒をパシンパシンしている）

（総指揮をしていた人が故人を送る参列者のように澄んだ笑みを浮かべている）

（その他レイドに参加していたと思《おぼ》しき人たちがずらっと廊下の左右に並んでいる）

ヤダもう……!!

ヤンキー漫画でしか見たことねぇよこんな光景。調子に乗った主人公が学校から出てくるのを待ち伏せする他校の不良軍団かよお前らは……。

なんとか、なんとか作戦を考えねば、このままだと軍事裁判どころか魔女裁判になりかねん。重りをつけて水に沈めて浮かんできたら魔女、沈んだままなら魔女じゃない、だっけ？　どっちにしても死ぬっちゅーの。

つってもこの部屋の中ではなぜかログアウトできないし、不思議な力で窓ガラスとかどんだけ殴っても壊れないし。もうその窓ガラス集めて盾にしようよ、絶対強いから。

何かないか、何か何かなにかナニカ……。

「う、ううん……」

この声は！

バッ！と後ろを振り返ると、そこには新たにベッドの上に転送されてきたのだろう一人の龍狩りの姿が。

やっべ、こんなところで震えたり頭抱えたり床をゴロゴロ転がってたりしたらただの変人じゃん。

…………ん？　……これだ‼

フフフ、フハハ、ファーハッハッハッハ‼　天はまだ我を見捨ててはいなかった！

「遅いですね……」

「遅いね……」

「死亡ログはとっくに流れたってのにな」

龍狩りトリオン諸島支部、医務室に繋がる廊下。

みんな、たった一人レイドフィールドに残されている赤信号の帰還を待っているのだが、どうにも遅い。

本体が姿を現してからほんの数分もかからず壊滅してしまった第三次サウザンドグローブ討伐隊、全員（リアルでの用事やタイマー的な問題がある者を除いて）がこうして集まっているのにはそれぞれの思惑があるのだが、とにもかくにもご本人が現れてくれないことには始まらない。

医務室内は特殊な空間になっている。外からは入れないし、中にいる状態でログアウトもできない。一種の聖域のような場所なのだ。

そんなところになぜ彼が籠っているのか解《げ》せない面々だが、まあいずれは顔を出さざるを得ない。のんびり待てばいい。

ガチャ。

扉の開く音に、全員が一斉にそちらの方を見る。

「うわっ⁉　な、何なんですか、あなたたち⁉」

出てきたのは赤信号とは似ても似つかぬ女性の龍狩りだった。人違いだったことを謝り、またこうやって大勢で出待ちをするのはマナー違反ですよと注意されてしまい、みんなシュン……となる。

何で彼は出てこないんだろうかと不思議に思いながらも、この龍狩りが言うのももっともだと思いさすがにもうちょっとばらけようとしたとき、妙な違和感を覚えたブルマンが不意に目線を下げた。

カサカサカサカサ（妙に素早い匍匐前進で廊下を通り抜けようとする赤髪のモブ顔）。

「いたぁーーーー⁉」

「げぇっ！　見つかった⁉　全速前進！」

完全にいけたと思ったのに妙に勘のいいクソブルーだ。クソブルーって響きいいな。さしずめ俺はクソレッドできーちゃんはイエローで……レンジャー物みたいじゃん。クソブラウンはちょっと色的にアウトかな……。

そんなことより進め進め！　今こそ兵進低頭の力を見せる時ぞ！

カサカサカサカサカサカサカサカサ！

まるで台所に潜むダークな憎いアンチクショウの如き挙動（匍匐前進）でロビーを突き進む。このまま外まで出られたらあとは飛天で無限ジャンプしながら高飛びすればよかろうなのだぁ！

みんなが呆気《あっけ》に取《と》られているうちに玄関扉まで来たぞ！　立ち上がって外に出たらこっちのもんよ、アデュー！

………？　なんでこの人たちは扉の前から退いてくれないんだろう？　俺、めっちゃ外に出ていきたいですオーラ出してるよね？　なんで笑顔で俺の肩を摑むの？

「すれ違いを防ぐために二人出入り口にいる、というのは正解だったな」

「ああ、まさか匍匐前進でロビーを突っ切るとは恐れ入ったが……」

おじちゃんたち、だぁれ？　もしかしてレイド参加者さんだった感じですか？

俺が二人に捕まっているうちにほかの人たちもどんどん集まってきて、俺は完全に取り囲まれてしまった。

「さぁて……赤信号さん、でしたか。あなたには聞きたいことがたっぷりあるんですよねぇ……」

藍鴨さん、目が超怖いっす。笑ってるのに肝心の目だけが笑ってない。サングラスが正体を隠すためのマストアイテムだってことがよくわかるね。

ていうか藍鴨さん以外もみんなめっちゃ怖いんだけど。一週間絶食したあとの肉食獣がギリギリ届かない高さに肉をぶら下げられたときみたいな気配がしてるよ。

「あ、あの……その……」

「ふふふ、ふひひ、ぐへへへへ……」

いやな三段笑いだなぁ！　純粋に気持ち悪い！

ああ、ついに刑が執行されるのか。どんな風に殺されるのかな、俺。

仰向けにされて顔に布被せた上で水ぶっかけられるとか、爪の間に針を刺されるとか、ギザギザの石の上で正座させられて重石《おもし》を膝の上に置かれるとかかな……。

「では……」

来たる恐怖に目をつむって歯を食いしばる。来るなら来いや……！

「あの無限ジャンプって飛天ですよね？　取得条件教えてください！」

「サウザンドグローブの正面写真撮った？」

「すごい勢いで落ちていってたけどアレなんの猟技？　それともスキル？」

「その武器って斧ですか？　見たことないんですけどどんな強化と使い方を？」

「本体が出てくる前にすごい音がしたんだけどアレ君の仕業？　だとしたらドラグアーツ？」

「どうやって本体引き摺りだしたんだ？」

「変な攻撃方法とかあったか!?」

「普段はどこで攻略を？　どっか猟団入ってますか？」

なんだ、なんなんだ。怒ってる……って感じじゃないけど、そんなにいっぺんに言われても困るし、ちょっと圧が凄い。そんなぐいぐい来られても俺の処理能力が追いつかない……！

「えっえっ……。えっと……その……」

「珍しいスキルの研究してるんですけど、ステータス画面とか見せてもらえませんか⁉」

「武器武器！　武器の画面見せてくれ！」

「ええい、先にレイドだろ！　本体の特徴とかわかってる限り詳しく！」

「さっきの高速匍匐前進は何かのスキルなんですか？」

「飛天持ちがいたら調査が捗《はかど》る！　ぜひうちに加入を！」

「あっコラ！　抜け駆け禁止だぞ！」

なんとか声を出そうとしても止まない質問の嵐に掻《か》き消《け》される。ぐいぐいと詰め寄ってくる人の塊に物理的にも精神的にも圧壊しそうになる。

「なあ、あんたも黙ってないで何か言ってくれよー！」

焦れた一人のプレイヤーが発した声、それだけが喧喧囂囂《けんけんごうごう》とする中でなぜかクリアに聞こえた。

——こんな古いゲームの何が楽しいんだよ。おい、黙ってないでなんか言えよ。お前何考えてんのかわかんねーんだよ。

い、いやだ。いやだいやだいやだいやだイヤだイヤだいやだいやだ。

いやだ、こないで、はなしかけないで。こえがでない、いきぐるしい、からだがうごかない。

身体が震える。視界が狭まり歪《ゆが》む。自分でもわかるほどに呼吸が激しくなる。

だ、だれかたすけ…………。

「オメェら静かにしろやぁぁ!!」

大声を上げながら人込みをかき分けて乱入してきたいくつかの人影が、俺と詰め寄ってきている人たちの間に壁として立ち塞がった。

「極端な人見知りで口下手だからって、僕言いましたよね!?」

「質問してぇなら応答できるような環境や雰囲気にするってのが筋だろうが、ああん!?」

「あーさん大丈夫ですか？　あぁ……もう、こんなに震えて……！」

それは、三人のプレイヤー。たった三人しかいない、俺のフレンド《友達》。

「あ……。みん、な……。ありがと……」

お礼の言葉を言い切らないうちに、俺の視界は暗転した。

最後に見たのは、画面に映る《異常な精神状態を検知しました。VRギアを強制終了します》の文字だった。

「っは！　はぁ、はぁ……」

セーフティシステムによって現実世界へと引き戻され、VRギアを外す。時計を確認するとまだ二十一時をちょっと過ぎたあたり。『ドラスレ』の一日は現実での三時間だ。

ゲーム前に風呂には入ったけど、服が汗でびっしょりだから着替えなきゃ。そう思って、汗に濡《ぬ》れた服を洗濯に出すために部屋を出た。

「あれ？　珍しいね、こんな時間にゲームしてないなんて」

廊下に出たところで、風呂上がりっぽい優芽とばったり出くわす。

妹の言う通り、二十時から日付が変わるあたりまでゲームをやっているのが普通なので、この時間に家族と出くわすのは珍しい。

「うん……今日は、もういいや……」

とてもじゃないけどログインし直す気分にはなれない。

「何かいやなことでもあったの？　顔色悪いよ」

「大丈夫……ちょっとゲームの中で昔のこと思い出しただけだから」

別に手酷《てひど》くいじめられていたとかいうわけじゃない。でも、少なくとも友達と呼べる相手はいなかった。そして、そういうやつは少なからずどこかで何かにぶつかる。その記憶が蘇《よみがえ》っただけだ。

誰が悪いとか、そういうのはもう割り切った。そんなもの引き摺っててもゲームがつまらなくなるだけだし。でも、決して思い出して気持ちのいいものじゃない。

「そっか……もう一回シャワー浴びた方がいいよ、汗すごいし。そんで、汗流したら冷蔵庫にゴリゴリ君が一本あるから食べなよ。私のだけどあげる」

「いいのか？　お前、自分のアイスとられたら死ぬほど怒るくせに」

「いいからいいから」

優芽は春夏秋冬、季節を問わずほぼ毎日アイスを食べる。アイスがあれば生きていけるしアイスが無ければ死んでしまう、世界平和に最も重要なのは美味しいアイスだと言ってのけるほどのアイスジャンキーだ。

その優芽が自分からアイスをくれるなんて……それほど俺は顔が死んでいるのだろうか。

「ありがとう、あとでもらっておくよ」

そう言って優芽の前を通り過ぎて階段を半ばほど下りたとき。

「ねえ、お兄ちゃん」

頭上から優芽に声を掛けられた。上を見ると、手すり越しにこちらを覗《のぞ》き込《こ》む優芽と目が合う。

「このあいださ、私がお願いしてきーちゃんと勝負してもらったじゃん。あのときのお兄ちゃん、カッコよかったよ」

「なんだよ、いきなり」

「んー、なんとなく。お兄ちゃんはゲームしてるときが一番生き生きしてるなって」

言うだけ言って、にひひといたずらっぽく笑った優芽はそのまま部屋へと戻っていった。

「……心配しなくたって、あれくらいでゲーム嫌いになったりしねーよ」

シャワーで汗を流して、妹様からもらった季節にはちょいと早いアイスキャンディーを齧る。

口の中に広がったのはちょっとした塩辛さ。そしてほんのりとした海苔《のり》の風味が鼻を抜けて……。

「え。なにごれ」

ロクに見ずに開けた袋を見返してみると、そこには『ゴリゴリ君　たらこスパゲッティ味』という悪魔が記した文字。

表情と感情を消してシャクシャクと食べ進めてみると、アイスの中に細かく刻まれたスパゲッティと海苔が。そしてこのピンクの小さなキューブ状のものは、たらこフレーバーかな？

「あいつ、ただ単に俺に押し付けただけじゃないだろうな……」

「ほんっっっとうにゴメン！　僕の配慮が足りなかった。あんな風になるはずじゃなかったんだ……！」

件のレイドから一晩明け、今は土曜日の昼下がり。

俺の部屋で土下座をしている男はブルマンことイケメンモデル青山春人その人。その横にはきーちゃんも所在無さげに座っている。

青は俺の家に来るのは初めてだが、きーちゃんに聞いて連れてきてもらったらしい。この二人が連れ立って街を歩いている姿は、さぞやすれ違う男女の視線を集めたに違いない。青は一応サングラスしてたけど。

「いろいろと聞かなきゃいけないことがあったから廊下で出待ちはしてたんだけど、赤が帰ってきた後は僕らが間に入るはずだったんだ。まさか、ほかの人たちがあんな勢いで詰め寄るなんて思ってもいなくて……」

「人数が多いのとぎゅうぎゅう押し合うせいで、なかなかあーさんのとこまでたどり着けなくて……ごめんなさい」

頭を上げようとしない青に、うな垂れるきーちゃん。

そんなに自分を責めないで欲しい。メンタルが弱すぎる俺にも非があるし、ちゃんと俺のことを考えてくれていたのなら、あれはもうただの事故だ。

「いいんだ、二人が悪いわけじゃない。助けに来てくれて嬉しかった」

運が悪かったのは、あの場にいたプレイヤーの過半数が調査・考察をメインとする【インディ・ゴー】のメンバーだったことだろう。

そういう研究肌の人たちに、飛天というレアスキル保有者でキバガミという現状未発見の龍の素材を使った装備を持つ俺は、話を聞かずにはいられない取材対象だっただろう。好きなことを目の前にすると周りが見えなくなるというのは人間だれしもあること。それを責めようとは思わない。

それと、人数も問題だった。だいたい四十人弱か？　あの人の数は完全に孤立して過ごした中高生時代のクラスを思い出すから、実は苦手なんだ。

青も、きーちゃんも、茶管も助けに来てくれたしな。ああいうのは初めてだったから本当に嬉しかった。

いろいろ重なった結果、セーフティによる強制終了となったわけだけど、誰が悪いってわけじゃない。タイミングと、状況と、運が悪かった。それだけだ。

現に、一晩経ったら割とすっきりしている。夕立に降られたとでも思ってくれたらいい。

「でも、ちょっと『ドラスレ』は控える。ほかのゲームをやるよ」

まだまだ中途半端もいいところだから投げ出すことはしないけど、気分転換は必要だろう。一本くらい別のゲームを挟めばちょうどいいと思う。

「そうだね……うん、それがいいと思う。なにか面白そうなゲームはあるの？」

「ちょっと気になってるのは……『Destiny Blood』かな」

『Destiny Blood』、通称『デスブラ』または『ＤＢ』、もしくは運血。変身ヒーローと怪人の変則的な格ゲーみたいなものだ。『ドラスレ』とほぼ同時期に発売され、その圧倒的ネームバリューに隠れてしまったが『とあるシステム』が評判になっている。

間違いなく対人戦があるが、まあそれはそれ。別に対戦相手といちいちしゃべらなくてはいけないというルールはないし。それに、このゲームにおいてまともな会話をするプレイヤーはまずいないだろう。そういうゲームだ。

「デスブラかぁ。僕やってないなぁ、今『ドラスレ』に集中してるし」

「私もです。『ＩＲ』の方も続けてますし……」

「いやいや、二人は自分を優先しなよ。付き合う必要はないから」

もともと、親父と祖父さんのコレクションという膨大な量のゲームに囲まれていた俺は、あっちのゲームが行き詰まったらこっちのゲームをやり、こっちが一段落すればそっちをやり、思い出したらあっちのゲームを掘り起こすといった摘まみ食いスタイルをしていた。

もちろんよほどのクソゲーや虚無ゲーでもない限り一通りクリアまではしている。オンライン環境がないとコレクション要素をコンプできないゲームが割と多かったからか、今でも実績コンプとかにはそれほど興味は無いのだけれど。

「じゃあ、その間に僕らは八大龍王まで行っちゃおうかな〜？」

「密入国ができるのもわかりましたし、ヤマトに行くのもいいかもですね」

暗い雰囲気を変えるように、二人がわざとらしいくらいの明るい声でふざけたように言う。

そうそう。そうやってゲームを楽しむのが一番だ。いやなことはさっさと忘れて、思う存分龍をブチ転がしな。

「すっきりしない別れ方だけど、茶管によろしく」

「ん、了解。今度会ったときに言っとくね。あの兄さんもけっこう心配してたから、きっと安心するよ」

「見た目と口調はアレですけど、中身すっごい良識人ですよね。やっぱり社会人は違いますね」

「……茶管、社会人なの？」

「歳《とし》はそんなに離れてないみたいだけどね。どこかの整備工場でエンジニアやってるとか」

あー……そうなんだ。なんか、しゃべり方的に若干イキり気味の高校生くらいかなーって勝手に思ってた。ていうことはあのヤンキー臭いしゃべり方って素なのかな。それともロールプレイなのかな。

そのあと、一応の義理を果たすために、あのとき飛び交っていた質問に答えられる範囲で答えた。もちろん武器の素材がキバガミだとかは言わなかったが、この情報は青が責任もって藍鴨さんに伝えるとのことだ。

サウザンドグローブが潜っているときの頭の位置やマングローブの動く範囲なんかはそれなりに役に立つだろう。もう俺があのレイドに参加することはないだろうが。

そういうわけなので、いったん『ドラスレ』は休業。また熱が戻れば再開するとしよう。

なーに、ゲームは生きがいだけど仕事じゃない。好きなときに好きなようにやるのがいいのさ。

突然人類に発症した原因不明の病『転身症』。
それは人を人ならざるモノへと作り変えてしまう悪魔のいたずら。
しかし、悪魔は必ず代償の代わりに見返りを与える。
ある者は獣となって剛腕を振るい、ある者は未知なる物質を生み出す。
炎熱の支配者となる者もいれば、氷雪に君臨する者あり。
暖かな光で傷癒す者あれば、劇毒を以《もっ》て喰う者あり。

全て切り裂く剣となり、全て撃ち抜く魔弾となり、全て弾く盾となる。

与えられたのは、超常の力を引き起こす悪魔の血。

その力を得た者たちは、魔人と呼ばれるようになった。

個人にして兵器と呼ばれるほどの力を得た魔人たちは、二つの勢力に分かれた。

あくまで己は人であるとし、その力を世のために振るう者たち。

我こそは人を超えた存在であると、魔人の力を以て悪逆の限りを尽くさんとする者たち。

前者は機関に監視される形でありながらも、正義の魔人集団『JEABD《ジーブド》』の一員として。

後者は流血と破壊をもたらす悪の魔人連合『デスパレード』として。

魔人同士の戦いは終わることなく続く。

笑顔溢れる街に、善良な市民の悲鳴が響く。

血に溺れ、破壊衝動に魅せられた悪の魔人が無辜《むこ》の民を傷つける。

助けを求める声がする。ならば、自分がやるべきことはただ一つ。

「正義の心奮わせて。魔の血を鎧《よろ》い、貴様を討つ！　……【魔血転身《デモンブラッド・ターンオーバー》】！」

堕《お》ちた同胞を、この手で始末するのみ。

戦い、傷つき、それでも進め。それこそが血の運命！

Destiny Blood　好評発売中！

佐嘉二一（さが・にいち）

1993年、兵庫県出身。2019年4月から小説投稿サイト「小説家になろう」で活動を始める。本作でデビュー。

レジェンドノベルス
エクステンド
EXTEND

ダイブ・イントゥ・ゲームズ 1
ぼっちな俺《おれ》とはじめての友達《ともだち》

2020年6月5日　第1刷発行

［著者］佐嘉《さが》二一《にいち》
［装画］U35《うみこ》
［装幀］宮古美智代

［発行者］渡瀬昌彦
［発行所］株式会社 講談社
〒112-8001 東京都文京区音羽 2-12-21
電話 ［出版］03-5395-3433
［販売］03-5395-5817
［業務］03-5395-3615

［本文データ制作］講談社デジタル製作
［印刷所］凸版印刷 株式会社
［製本所］株式会社 若林製本工場

N.D.C.913 254p 20cm ISBN 978-4-06-519977-0